KB151221

숲스러운 사이

조들지 맙써
뜰림웃이 행복이 뜨라와마씀!!
행복합서 양ㄴ♥

2023. 8

숲스러운 사이

숲이지영 지음

가디언

🌿 가족의 숲: 귤밭 대신 돌밭을 사다

식목일에 나무 400그루 옮겨심기 해본 적 있으신가요? 저희 남매
는 그렇게 자랐습니다. 나무에 미쳐 살았던 서른넷의 아버지는 과
수원을 사 달라는 엄마 말을 뒤로하고 빚을 내어 돌땅을 샀습니
다. 어떻게든 활용해보려 닭도 키워보고 양봉도 해봤지만, 도무지
예뻐할 수 없는 숲이었습니다. 그렇게 어지러운 숲을 아버지 홀로
환상숲이라 불렀습니다.

시간이 흘러 저희는 대학생이 되었습니다. 25년 동안 은행에서 근
무해온 든든한 아버지가 갑자기 쓰러졌습니다. 어릴 적에는 나무
가 밥 먹여주냐고 따졌었는데, 나무가 아버지의 생명까지도 살려

주더군요. 비로소 저희 눈에도 숲이 환상적으로 보이기 시작했습니다. 그리고 지금은 누구에게나 환상숲으로 불립니다.

🌿 아버지의 숲: 뇌경색을 이겨내다

마흔일곱, 오른쪽 몸이 마비되었습니다. 갑자기 무너진 생활은 다른 이들의 위로마저 조롱으로 들리게 만듭니다. 사람 만나기가 싫어서 모든 것을 포기하고자 들어온 숲. 가장 낮아지고 약해졌을 때, 비로소 작은 생명들의 이야기가 들렸습니다. 돌 틈에 뿌리를 내리고, 잘려도 또 자라는 억척스러운 나무들을 만났습니다.

'살아야 한다.'

넘어지고 깨지며 왼손만으로 길을 내기 시작했습니다. 놀랍게도 3년이 지나자 몸도 마음도 완전케 되었습니다. 절망하고 낙심하여 모든 것을 내려놓으니 새로운 시작이 찾아왔습니다. 아름다운 숲을 지킬 수 있도록 가난하게 하신 하나님께 감사합니다.

🌿 딸의 숲: 숲에서 인연을 만나다

아버지가 용돈 벌이 삼아 하는 일에 보탬이 되고자 다니던 연구소를 그만두고 제주에 내려왔습니다. 이십대 아가씨가 숲해설사가 되길 자처하자 주변 사람들은 이 시골에서 시집은 갈 수 있을지 걱정했습니다.

시어머님의 TV 시청과 시아버님의 숲 방문, 며느리 삼고 싶다고 으레 건네는 인사가 저희의 부부의 시작입니다. 서울에서 온 숲 방문객과 제주에 사는 숲해설가. 처음부터 말도 안 되는 만남에 누가 봐도 지속되기 어려운 인연입니다. 서울과 부산, 경주, 제주, 쉬기에도 짧은 귀중한 주말 시간을 오고 가는 길에서만 여덟 시간씩 쏟으며 노력으로 인연을 이어왔습니다. 그리하여 서울 총각과 제주 처녀가 숲에서 만나 숲에서 결혼식을 올렸습니다. 숲이 만들어준 인연을 소중히 생각하며 세상 모든 생명과 공존하는 따뜻하고 겸손한 삶을 살겠습니다.

🌿 모두의 숲: 아이들에게 빌리다

환상숲은 억척스럽게 자라온 다양한 생명들의 숲입니다. 그리고 방문해주신 분들이 함께 만든 숲입니다. 작곡가는 음악으로, 촬영감독은 영상으로, 학교 선생님은 수업으로, 화가는 그림으로, 만화, 소설, 기사 작성, 앱 개발, 홈페이지 제작, SNS 게시, 좋아요 클릭 등. 숲을 방문해주신 분들께서 일상으로 돌아가서도 저희 숲과 곳자왈을 기억해 주셨습니다. 버려졌던 돌땅이 환상숲이 되기까지의 과정에는 당신의 이야기 또한 담겨있습니다. 그러므로 환상숲은 이곳을 방문한 당신의 숲이기도 합니다.

그리고 사실 저희 숲은 저희만의 것이 아닙니다. 깨끗한 공기, 맑은 물, 아름다운 광경. 생각해보면 이 모든 것들은 우리 후손들에게 잠시 빌려 쓰는 것이더군요. 온전한 형태로 본래의 주인들에게 돌아가길 바랍니다.

Contents

2부
여름
Through

숲 사이로 걷다 보면:
숲을 통해 알게 된 생각들

3부

가을
While

숲에서 사는 동안에:
함께했던 이들과 그동안의 이야기

종가시나무 • 좀작살나무 • 가는쇠고사리

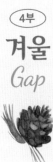

4부
겨울
Gap

숲에서 산다는 거리감:
그 틈에서 산다는 것

1부

봄-*With*
함께 숲을 걸은 사이

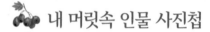 내 머릿속 인물 사진첩

비가 오더니 봄이 함께 왔다. 봄비가 촉촉 내리자 하루 만에 유채꽃의 색도 쨍해지고, 연둣빛 새순들이 움을 텄다. 며칠 동안 버썩 말라 있던 숲의 향이 살아나는 걸 보며 봄이 오는 소리는 '톡톡'이 아닐까 싶었다. 숲 끄트머리에서 작고 빨간 동백꽃이 툭툭 떨어졌는데, 검은 돌담길과 어우러져 그 모습조차도 예쁘다.

나는 제주에서 숲을 읽어주는 여자이다. 이십대에 아무것도 모른 채 숲 해설을 시작했던 나는 '같은 숲을 10년쯤 바라보면 식물에 대한 전문가가 되어있지 않을까?' 막연히 생각하곤 했다. 그렇게 어리숙하던 나를 다독이긴 했는데, 이젠 핑계를 댈 수도 없다. 일만 번쯤 같은 숲을 걸었는데도 계절이 바뀔 때마다 처음 보는 식물을 찾는 일이 다반사다. 알았던 식물의 이름도 지난 계절 동안 잊지 않았다면 다행일 지경이다.

애당초 나는 이 나무가 언제 한쪽 팔이 꺾였는지, 이 꽃이 왜 작년에는 두 번 피었는지, 왜 이 나무는 한쪽 마디가 유난히 긴지, 그런 한 그루 한 그루 삶의 모습에 시선이 쏠리는 아이였다. 그 식물의 이름이 뭘까 생각해본 적은 없었기에 긴 시간 숲에 살았어도 이름이 저절로 외워지지는 않았을 터. 사람들이 수없이 묻는 독특한 식물 몇 개만 알아도 10년을 버티기에는 충분했다. 그만큼 사람들은 화사한 몇 가지의 식물만을 바라본다. 나의 얕은 지식을 숨길 수 있어서 다행이다.

숲 해설을 할 때 식물을 바라보는 시간보다 온전히 나를 향한 수많은 사람들의 시선을 마주하는 시간이 훨씬 많아서 그럴까? 오히려 숲에서 일하며 숲보다는 사람에 대한 이해가 높아져 간다. 하루에도 몇 번씩 만나고 헤어지기를 반복하다 보면 표정만 봐도 많은 것을 읽어낼 수 있게 된다.

그런데 너무 많은 사람을 만났나보다. 깊은 대화를 나누었던 손님들도 시간이 지나면 그 사람의 얼굴, 목소리, 나누었던 생각, 그 모든 것이 흐릿해진다. 이상하게도 그때 당시의 분위기나 풍경 같은 것들만 느낌으로 남게 된다.

해설가의 일이 그렇다. 매일 모르는 사람들을 새롭게 대해야 한다. 그렇다고 그저 스쳐 지나가는 사람들도 아니다. 한 시간 동안 긴 대화를 나누듯 눈빛을 주고받으며 마주 본다. 매일 다양한 지역에서 온, 다양한 연령층과 다양한 색깔의 사람들과 이야기를 나눈

다는 것은 특별한 경험이다. 여전히 소녀처럼 서로의 손을 부여잡고 까르르 웃으며 환갑 기념 여행을 왔던 여고 동창생들이 있는가 하면, 겉싸개에 돌돌 말린 채 엄마 품에서 곤히 자는 태어난 지 백일도 안 된 아가 손님도 있다. 안내하는 중간중간 의견을 덧붙이는 분들이 있는가 하면, 인상적인 숲 해설이었다며 사진과 글을 정성스럽게 적어 보내주시는 분도 있다. 이러한 일상이 반복되니 이제는 만났던 사람들의 수가 어마 무시해졌다.

길을 걷다가도 "해설가님이시죠?" 하며 반갑게 인사를 건네는 이들을 종종 마주친다. 그런데 반가우면서도 난감할 때가 많다. 언제 어떠한 형태로 만났을까 기억을 더듬어보지만 도통 생각나지 않아서다. 대화를 이어나가고 싶지만 숲을 방문한 손님인지, 동네 이웃인지 확신이 들지 않는다. 그래서 어정쩡하고 보편적인 대답만 하게 되고, 그렇게 그 사람의 진짜 정체를 모른 채 떠나보낼 때는 얼마나 아쉬운지 모른다. 상대방은 나를 잘 알고 친근하게 느끼는데 나는 이 사람을 감조차 잡을 수 없다는 건 참 답답한 일이다. 이쯤 되면 처음 보는 사람들도 어디선가 봤던 것 같아진다. 어제 나와 대화를 나누었던 사람의 얼굴도 바로 떠올릴 수가 없다. 아직 삼십대인데 벌써 이러면 어쩌나 싶어 의식적으로 상대방의 얼굴을 찬찬히 뜯어볼 때도 있다.

분명 난 사람의 얼굴을 잘 기억하는 편이었다. 지금은 과거형이다. 10년 전에는 방문하는 이들의 수가 적기도 했지만 정말 한 사

람 한 사람이 선명하게 떠올랐다. 처음 이 일을 시작해서 2~3년 동안은 방문한 이들에게 "세 번째 방문이시죠?" 혹은 "오랜만에 오셨네요."와 같은 인사도 건넬 수 있었다. 지금도 그때 당시 기억에 남는 손님들은 얼굴과 표정, 목소리를 흐릿하게 떠올릴 수 있기까지 하다. 그런데 6년쯤 넘어가자 기억에 남는 몇몇 이외에는 뿌옇게 인식되기 시작했다. 거기다 마스크를 쓰기 시작한 후부터는 사람 얼굴 기억하기를 진작에 포기하게 됐다.

　하지만 이런 상황에서도 선명한 기억을 남기고 가는 손님들이

신기하게도 있다.

　해설이 감동적이었다며 팁의 개념으로 돈을 주고 가시는 분이
나 과자나 사탕을 살포시 손에 쥐어 주시는 분들은 생각보다 많다.
그런데 손님에게 손톱깎이 세트를 받아본 적이 있는가? 가방을 뒤
적뒤적하던 어느 손님은 마침 오늘 행사 때 받은 기념품이라며 이
거라도 주고 싶다고 내밀었다. 그 손톱깎이는 마침 날이 무딘 손톱
깎이를 쓰고 있던 나에게 꼭 필요한 선물이었다. 손톱깎이가 그렇
지 않은가. 우둘투둘하게 손톱이 깎이고 있어서 언제 보이면 새것
으로 사야지 싶은데도 막상 장을 보러 나갔을 때는 잊고 사지 않

게 되는, 나에게는 그런 물건이었다.

얼마나 반가웠는지 모른다. 마침 나의 필요를 채워주는 물건이라 그랬고, 정말 무엇이든 주고 싶은 마음이라며 가방을 한참 동안 뒤졌던 그분의 마음이라 그랬다. 그 후로 그분은 몇 년에 한 번씩 잊을 만하면 숲을 방문하신다. 올 때마다 "나 손톱깎이 아저씨야."라고 했고, 몇 달 전 오랜만에 방문했을 때에는 "어! 손톱깎이 아저씨죠?" 하며 내가 먼저 알아볼 수 있었다.

본인이 꽂고 있던 머리핀을 빼서 내 머리에 꽂아주신 분도 계셨다. 좋은 머리핀이 아니라 고운 머리핀이었다. 털실로 직접 짠 것 같은 손때가 묻은 작은 크기의 똑딱핀이다. 비싼 것도 아니고 사용하던 거지만 잘 어울릴 것 같다며 해설 고맙다고 연신 이야기하던 그분은 몇 달 후에 연로한 부모님을 모시고 또 방문해주셨다. 그땐 지난번에 사용하던 걸 선물한 게 마음에 걸렸다며 새 머리핀까지 사 들고 오셨다. 이런 분들을 내가 어떻게, 감히 잊을 수가 있겠는가.

덩달아 내 머릿속 인물 사진첩에는 이상한 이름들이 저장되기 시작한다. 머리핀 선물해주신 분, 풀피리 보내주신 분, 시집 선물해주신 분, 털장갑 내어주신 분 등 이름도 모르지만 기억할 수 있는 분들이 차곡히 쌓이고 있다.

이러한 분들 덕분에 나 또한 멀리 여행을 떠날 때는 작은 것들을 챙기게 된다. 숲 엽서라든지 직접 말린 감귤칩 같은 나를 떠올릴 수 있는 작은 것들을 들고 다니다 기억하고 싶은 이를 만나면 건네리라. 그렇게 마음먹으니 아직 만나지도 않은 좋은 인연에 설레게 된다.

이십대 때 홀로 일본 여행을 떠난 적이 있다. 롯폰기의 어느 건물 꼭대기 층이 야경을 볼 수 있는 숨은 명소라고 여행 책자에 한 줄 적혀있는 구절을 보고 무작정 찾아갔다. 전망이 잘 보이도록 그 건물 엘리베이터는 바깥을 향해 투명하게 되어 있었다. 밤 풍경이 너무 예뻤지만 나는 엘리베이터 안에서 손잡이를 부여잡고 덜덜 떨었다. 내가 높은 곳을 무서워한다는 걸 그때 알았다.

나는 엘리베이터에서 내리자마자 이걸 다시 탈까 말까 고민했다. 타자니 무섭고, 계단으로 내려가자니 너무 높은 층이다. 꼭대기 층이 고급 레스토랑이라 모두 잘 차려입고 있는데 말도 안 통하는 아가씨가 야구모자와 운동화 차림으로 덩그러니 서서 계단으로 내려갈까 말까를 10분 동안 고민하는 꼴이라니. 그때 백발의 멋쟁이 한 분이 다가와 나에게 눈을 감도록 한 후 팔짱을 끼고 엘리베이터 안으로 안내해주었다. 그렇게 모르는 일본 아주머니를 꽉 부여잡고서야 겨우 내려올 수 있었다.

내려온 후에도 차를 한잔 사 주시겠다며 제안을 해왔고 부족한 영어로 이것저것 대화를 나누게 되었다. 그분은 홀로 여행하는 한국 아가씨가 흥미롭다며 다음 날 다이칸야마로 오라 초청해주셨

다. 그러고는 서점부터 맛집까지 구석구석 동네 구경을 시켜주었고 우리는 한국 역사와 문화에 관한 생각들을 주고받았다.

이것저것 베풀어주신 것이 정말 고마워 헤어질 때 나중에라도 보답하고 싶다고 이름이나 이메일 주소라도 알려달라 했다. 그런데 그분은 자신에게도 너무 소중한 여행 같았다며 다시 만나면 오히려 아름다운 추억은 사라질 수도 있다고 끝까지 알려주지 않으셨다. 그러곤 오래 추억하겠다며 내 스티커 사진 한 장과 오백 원짜리 한국 동전 하나만 가져가셨는데, 그분이 왜 그랬는지 이제는 알 것 같다. 현명하고 멋있었던 아주머니 덕에 나도 평생 간직할 소중한 추억을 남겼고, 그렇게 오랫동안 그분을 궁금해하며 살 것 같다.

명함은 너무 쉽고 가볍다. 명함을 주고받아도 연락 한 번 하지 않는 경우가 대부분이다. 얼굴도 떠오르지 않는데 이름은 어찌 외울 수 있단 말인가. 휴대전화다 인터넷이다 관계의 폭은 무척이나 넓어졌다. 하지만 그중에 진짜배기들은 누구일까? 잠깐 만나도 삶의 태도를 크게 바꿔주는 귀인이 있을 수 있고, 늘 만나지만 크게 감흥이 오지 않는 인연이 있을 수도 있다. 꼭 누군가의 연락처에 저장되지 않아도 오랫동안 기억에 남는 사람이 되고 싶다.

해설가가 해설가를 만났을 때

오늘도 숲 해설을 시작하려 한다. 채비하고 숲 입구에 다다르면 사람들이 앉아있는 뒷모습이 보인다. 재빨리 그 수를 눈으로 헤아려본다. 너무 많은 인원이 기다리고 있다면 시작도 하기 전에 힘이 들어간다. 그렇다고 마냥 적은 인원이면 이 또한 부담스럽다. 약간의 긴장감을 가지고 한 시간가량을 함께하게 될 이들 앞에 선다. 호흡을 가다듬고 나면 그제야 사람들의 시선이 느껴진다.

인사를 건넨다. 받아주시는 분들도 있고 아직은 머뭇거리시는 분도 계시다. 살짝 경직되어 있다. 함께하는 이들의 분위기에 따라 숲 안에서의 시간이 달라지는 법이다. 그래서 서로를 바라보면서도 인사해달라고 한 번 더 부탁한다. 이제야 무거운 공기가 조금 옅어진다. 짧은 순간이지만 처음에 말랑말랑한 분위기로 이끌지 못하면 끝까지 딱딱한 분위기가 이어지기도 한다. 호응이 좋아 술술 말

이 나오는 날은 해설이 전혀 힘들지가 않다. 하지만 서로들 딱딱하게 굳어있는 상태의 손님들을 대하고 나오면 온몸에 진이 빠지는 것이다.

그래서 시작할 때 5분의 시간만으로도 전체적인 숲 해설의 분위기를 가늠할 수 있다. 이때 사람들이 지닌 눈빛은 굉장히 솔직하다. 같은 일행이라 해도 각기 다른 눈빛을 보내오기도 한다. '이분은 나를 무척 신뢰하고 호감을 느끼고 있구나. 저분은 이전에 이곳을 방문한 적이 있거나 나에 대해 알아보고 온 분이구나. 그 옆에 있는 분은 옆 사람 때문에 억지로 끌려왔구나. 뒤에 있는 분은 숲 해설에 대한 기대가 없어 빨리 끝나기만을 바라고 있구나. 저 두

분은 이제 막 사귀기 시작하는 연인인가 보다.' 등 생각보다 많은 정보가 읽힌다.

제주의 숲이라는 새로운 장소에서 스치듯 만나는 인연이라면 그 앞에서는 살짝 무장해제 되는 부분들이 있다. 이를테면 직장 상사나 이해관계가 얽혀있는, 그리고 깊은 유대관계를 이끌어나가야 하는 사이에서는 사실 마음은 그렇지 않지만, 행동으로는 살갑게 대할 수 있지 않은가. 하지만 잠깐 만나게 될 해설사 앞에서는 그럴 필요가 없기 때문이다.

그런데 이런 상황에서도 살짝 목에 힘이 들어간 채 나를 가늠하듯 바라보는 이들이 있다. 바로 태가 난다. 체하는 사람들이다. 익숙하다. '어린 게 뭐 알겠어?'라는 시선이다. 시골에서 자라서 나무에 대한 일가견이 있는 이들이거나 숲해설가나 자연환경해설사, 문화해설사로 이미 뼈가 굵은 분들일 수도 있다.

사실 이런 분들을 만나면 가장 긴장된다. 여전히 식물이나 자연, 문화의 범위는 너무나 넓고 방대하며, 내가 아는 것들보다 모르는 부분들이 훨씬 더 많기 때문이다. 그래서 자연스럽게 흠 잡힐 부분이 있다 싶으면 나도 모르게 조금씩 걸러낸 말을 하게 된다. 그래서 이런 분들 앞에서 부끄럽게도 잔뜩 긴장해서는 목소리를 덜덜 떨면서 해설한 적도 있다. 그럴 때면 들숨과 날숨이 어느 정도 간격으로 오고 가야 하는지 잊어버린 몸이 되어서 자연스레 호흡이 가빠지곤 했다.

오늘은 스무 명가량 한 마을에서 단체로 여행 온 팀을 맡게 되었다. 일행들이 나를 보고 안내해줄 해설사냐며 묻고는 여기도 숲해설사와 문화해설사가 계시다고 귀띔을 해주신다. 대략적인 감으로 어느 분인 것 같다며 넘겨짚자 어떻게 알았냐며 깜짝 놀라셨다. 그렇게 웃으며 화기애애하게 시작할 수 있었고 숲을 다 돌고 나와서는 당신네 마을에도 놀러 오라 하시며 명함도 주셨다.

해설을 마치고 사무실로 돌아오는 길에 문득 그런 생각이 들었다. 나는 어느 순간부터 해설사님들 앞에서 떨지 않게 되었을까?

10년 이상의 시간이 쌓여서 자신감이 붙은 걸까? 나름의 연륜

과 내공이 쌓인 걸까? 아니다. 여전히 숲이나 자연, 식물에 대한 정
보에서는 자신 없을 때가 더 많다.

곰곰이 생각해보니 내가 잘 모른다는 점을 인정했다는 것이 가
장 큰 차이인 것 같다. 막 숲과 관련한 교육을 들으러 다니고 2~3
년 차 숲해설가일 때는 늘 누군가 식물에 관해 물어보지 않을까
긴장한 상태로 해설을 했다. 제발 내가 아는 식물들만 물어봐주길
바랐다. 뭔가 내가 아는 것에 대하여 완벽하게 대답해서 전문가처
럼 보이고 싶었던 거다.

지금은 그때보다 지식이 더 많아졌다. 그런데 오히려 방문하신
분들이 나보다 더 많이 알 것이라는 생각을 늘 밑바탕에 깔게 된

다. 지금 생각해보면 말도 안 되는 엉터리 해설인데도 진짜 전문가들이 '아~ 그렇게 보니 그렇네요.' 하고 편견 없이 고개를 끄덕여주는 경우를 종종 봤기 때문이다. 조금 아는 것 가지고 알은체를 했는데 듣는 이가 그 분야의 권위 있는 학자였던 적도 참 많았다. 그런데 그분들은 나를 무시하지 않으셨다. 숲에서 살아온 삶과 눈으로 보아온 경험을 존중해주셨다.

초보 해설가일 때는 다른 해설가 분들에게 얕잡아 보이기가 싫었고, 내가 더 잘한다는 걸 보여주고 싶어서 잔뜩 긴장한 채 해설을 했기에 떨렸다. 그런데 지금은 그분들에게 전문가처럼 보이고 싶은 마음이 사라졌다고나 할까? 그분들이 나에게 무엇을 알려줄지 기대가 되고, 모르는 것을 물어볼 때 모른다고 자신 있게 말할 수 있기 시작한 후부터 그리 떨지 않게 되었나보다.

지혜롭다고 잘 알려진 이스라엘의 세 번째 왕 솔로몬이 '듣는 마음'을 달라고 기도했더니 지혜를 얻게 되었다는 이야기를 들었다. 듣는 마음과 지혜가 무슨 상관인가 싶었는데 듣는 마음을 가지니 더 배우는 것들이 많아짐을 이제는 조금 알게 되었다.

나는 여전히 모르는 것이 많다고 생각하니 알아갈 것이, 그리고 알아가고 싶은 것들이 많아진다. 오늘도 숲에 오신 분들과 숲에서 사는 생명에게 또 하나 배워 간다.

 ## 멋진 할머니가 되고 싶어

내가 안내했던 손님 중 가장 고령의 어르신은 96세 할머님이시다. 이른 새벽 일어나 깨끗한 물을 묻힌 참빗으로 곱게 빗은 듯 정갈하게 묶은 머리는 검은빛이 전혀 없는 은발이었다. 손이나 얼굴의 잔주름이 나무의 나이테처럼 세월을 말해주고 있었지만 양옆 손자들의 부축에 손사래를 칠 만큼 정정하셨다.

다행히 그 시간대에 다른 일행에도 어르신들이 많이 참가하셨다. 덕분에 천천히 느긋하게 숲을 둘러보는 시간이 되었다.

중간쯤 돌았을 때 옆에 있는 나뭇가지를 집어 들어 지팡이 대용으로 사용하시던 칠십대 할머님이 나무 그루터기에 걸터앉으셨다. 그러고는 당신께서는 더 이상 못 가겠으니 여기서 멈추겠다고 앓는 소리를 했다. 그러자 96세 할머님께서 나직한 목소리로 꾸짖으셨다.

"야! 내가 네 나이면 시집을 한 번 더 갔겠다."

다 함께 깔깔 웃었고, 덕분에 칠십대 할머님 또한 나머지 길을 가뿐하게 걸으셨다. 너무 멋지지 아니한가? 나도 그런 할머니가 될 수 있을까?

아이를 낳고 키우다 보니 일주일 차이도 어쩜 이렇게 다른지 모른다. 8개월의 아이를 데리고 12개월의 아이를 보고 있으면 '형아네~ 하고 말하게 된다. 하지만 칠십대도 할머니, 팔십대도 할머니, 구십대도 할머니, 20년의 차이가 덤덤하게 느껴졌다. 누군가는 서른 살이 되니 이제 젊음이 꺾였다고 말한다. 누군가는 오십대를 보며 젊은 친구들이라고 말한다. 하지만 96세 할머니 앞에서는 누구든 청춘이 되었고 96세 어머니 앞에서는 누구든 어린 자식이 되었다.

고등학교 때 우리 학교 일본어 선생님은 중년의 여자 선생님이었는데 소문으로는 PD를 했었단다. 이전에는 프랑스어를 가르치셨다고 한다. 다양한 직업을 가진다는 것에 대해 생각할 줄 모르던 그때의 우리는 선생님께 어째서 이렇게 많이 직업을 바꾸었냐고 물었던 것 같다.

그때 선생님의 대답이 아직도 기억이 난다.

"프랑스어를 쓰는 할머니보다 프랑스어도 쓰고, 일본어도 쓰는 할머니가 더 멋질 것 같아서."

할머니 하면 늙고 초라함을 먼저 떠올렸는데, 멋진 할머니도 될 수 있는 거였다.

몇 년 전, 잘츠부르크 글로벌 세미나에 참석한 적이 있다. 자신의 분야에서 영향력을 지닌 문화혁신가 50인의 청년들이 각국에서 모인 자리였다. 긴장된 첫 만남 시간, 엉뚱하게도 지금의 자신이 아니라 어렸을 적 무엇이 되고 싶었는지 한마디씩 하도록 했다. 우주비행사, 최고의 악당, 대통령, 발레리나 등 지금의 모습과는 사뭇 다른 대답들이 난무했다. 도대체 나는 무엇이 되고 싶었던가 고민이 되었다. 내 차례가 닥치자 순간적으로 '좋은 할머니'라는 대답이 나왔다.

할머니라는 단어가 주는 포근함이 있다. 나는 양쪽 할머니 모두 같은 마을에 살았다. 그래서 어릴 적에도 어버이날이면 꼭 두 할머니 집에 들러 카네이션을 달아드리고 학교로 갔다. 사는 거리 만큼이나 가까울 수밖에 없다.

환상숲의 첫 직원은 성할머니(친할머니)였다. 그때는 숲에 찾아오는 손님이 하루 열 명도 채 되지 않았다. 흙밭이던 주차장은 텅 비어서 더욱 초라했다. 차가 한 대라도 세워져 있어야 손님이 오지 않을까 싶었다. 그렇게 엄마는 본인의 차를 주차장 가운데 세워두고 겨울 찬바람에도 스쿠터를 타고 출근했을 정도였다.

오지 않는 손님을 하염없이 기다릴 수는 없다. 아빠와 나는 동네 친척들 밭에 가서 감귤을 따거나 숲길을 내며 그 시간을 채워야만 했다. 그래서 잘 걷지 못하는 우리 할머니가 숲에 출근하기 시작했다. 지금은 세상에 안 계시지만 할머니는 사람을 참 좋아하셨다. 제법 오랜 세월 구멍가게를 했던지라 아흔이 넘어서도 계산이 무척 빨랐다. 그런 할머니에게 매표소는 최적의 자리였다.

손님이 주차장으로 들어오면 할머니는 우리에게 전화를 주셨다. 우리가 부리나케 달려와도 도착하기까지 적지 않은 시간이 걸린다. 그러면 할머니는 혹여나 손님 한 명이라도 놓칠까 봐 차 한잔 하라며 집 안으로 들이고는 당신 살아온 인생을 구구절절 펼쳐놓으신다. 할머니의 말주변이 어찌나 뛰어났던지, 숲 해설보다 할머니의 이야기를 더 오랫동안 기억하시고 다시 찾아주는 손님들이 있을 정도였다.

　나이가 들고 약해질수록 사람은 외로워지고 다른 이들을 그리
워한다. 그걸 알고 있는 할머니는 사람의 방문을 귀하게 여겼다. 그
래서 한 사람 한 사람을 그저 보내지 못했을까? 당신 호주머니에
든 사탕이라도 내어주어야만 했다. 할머니 덕분에 우리 숲의 초창
기 모습은 관광지가 아니라 동네 사랑방 같았다. 할머니가 돌아가
셨을 때 영정사진을 들고 숲 주차장을 보여드렸다. 그때의 할머니

는 이렇게 많은 사람이 찾는 숲이 될 거라고 상상이나 하셨을까?

외할머니는 주말 근무자시다. 생활력 강한 억척스러운 제주 여자이다. 여전히 보조 바퀴 달린 스쿠터를 끌고 딸들 밭까지 돌아보신다. 지팡이 짚고 마당 한 바퀴 걷는 것도 힘들어하시면서 온종일 귤을 딸 때는 어쩌나 손발이 빠른지 젊은 사람들은 따라가질 못한다.

부모님과 함께 일하다 보니 나는 아이를 가진 엄마로서 배려받는 부분들이 많았다. 한편으로는 만삭의 임산부든, 백일 된 아가 엄마든 일손이 간절히 필요해지면 젖먹이 아가를 둘러업고라도 숲에 가야 했다. 숲은 나에게 말 그대로 친정집이다. 매표소에서 해설사님들과 함께 아가들을 돌보며 그렇게 나의 두 아이가 자랐다.

하지만 너무 바쁜 시기에는 엄마 찬스를 사용하지 못하는 단점이 있다. 내가 바쁘다는 건 내 부모님은 더 바쁘다는 뜻이기 때문이다. 그럴 때면 늘 외할머니를 찾았다. '아이 좀 돌봐주세요.' 라는 말에는 '제발 좀 이제 땡볕에서 일하지 마세요.' 라는 뜻도 있었다.

할머니는 아가를 무척 좋아한다. "이추룩 혜꼬만 발 보민 오믈락이 먹어불구 정하게 아꼬워.(이렇게 조그마한 발을 보면 오물오물 먹어버리고 싶게끔 사랑스러워)" 라고 하셨다. 그렇게 우리 두 아가는 증조할머니 손에서 많이 컸다. 증조할머니가 '워워워워' 소리를 내며 배를 토닥이며 재워서 그런지 우리 딸은 갓난쟁이 때 졸리기 시작하면 스스로 배를 도닥이며 '워워워워' 소리를 냈다. 학교를 다니지 않았기에 한글도 잘 모르는 할머니지만 누구보다도 지혜로운 분이시다. 고민이 있거나 걱정이 있으면 늘 현명한 대답으로 명쾌하게 결론을 내주신다.

너무나 고맙고도 사랑스러운 우리 할머니, 그런 할머니를 모시고 여행을 간 적이 있던가?

지난겨울 독특한 구성원으로 해설을 한 적이 있다. 우리 숲은 매 정시 숲 해설이 진행되는 곳이라 시간이 되면 모르는 이들이 한자리에 모인다. 희한하게 그날은 모인 이들 모두 이삼십대 정도로 보이는 젊은 여자만 열댓 명이다. 머리가 하얗고 허리가 구부정한 할머니 한 분만 빼고 말이다. 지팡이를 짚은 팔을 이제 막 대학을 졸업했을 것 같은 아가씨가 붙잡고 천천히 할머니를 부축하며 걷는다. 할머니 모시고 여행 왔다는 소개에 옆에 다른 아가씨들도 나지막하게 '오~' 하고 감탄했다.

딱히 대화를 나누지도 않았다. 부지런히 내가 하는 해설을 끄덕끄덕 듣고는 할머니 귀 가까이 몸을 숙이고 한 번 더 이야기를 전달했다. 해설하는 내내 그 광경을 보며 나 혼자 상상의 나래를 펼치며 마음이 찡해졌다. 부모님을 여의고 할머니 손에서 자란 손녀딸이 아르바이트를 해서 모은 돈으로 할머니와 제주에 여행 왔으리라. 어디로 여행을 다니고 있냐는 둥 참견하기 좋아하는 나인데도 그냥 그렇게 숲 해설만 담백하게 전하고는 헤어졌다.

하지만 같이 갔던 다른 이들도 마음속으로는 '나도 우리 엄마랑 여행 와야겠다.' 혹은 '우리 할머니 모시고 가까운 곳이라도 가 봐야지.' 생각했을 것 같다. 분위기가 그랬다.

10년 동안 해설하면서 지팡이 짚은 할머니를 모시고 홀로 여행 온 이십대는 처음이며, 더군다나 왔다 간 지 한 달도 채 안 되었으 니 기억 못 할 리가 없다. 이번에는 부모님을 모시고 왔다. 할머니 손에서 자랐을 것이란 나의 상상이 와장창 깨지는 순간이다.

"할머니랑 여행할 때 이곳이 너무 감동적이었다며 엄마, 아빠랑 꼭 여행하고 싶다며 끌고 온 거 있죠?"

부모님 또한 정말 밝고 화목한 부부였다. 해설하는 내내 '이렇 게 맑은 분들 밑에서 자라서 할머니께 그렇게 어여쁘게 대했나보네 요.' 하고 속으로 생각하게 되었다. 할머니를 모시고 와서 예뻐 보 였고, 다른 사람을 배려하는 말투와 행동에, 부모님을 떠올렸다는 것까지 한 사람에게 몇 번 반하는지 모른다. 내 눈높이가 또 높아 져 버렸다. 큰일 났다! 나의 어린 아들이 크면 이런 아가씨를 만나 면 좋겠다 싶어진다.

내가 마음을 줬다고 생각했는데

동그란 안경을 쓴 여덟 살 남자아이를 만났다. 그맘때쯤 아이들은 친화력이 얼마나 좋은지 모른다. 아직 인사도 하지 않은 상태에서 마이크를 차고 있다는 것만으로도 내가 꽤 마음에 들었는지 만난 지 1분 만에 '선생님 너무 좋아요.'를 말할 수 있는 상태가 된다. 이것저것 따지지 않고 마음을 준다. 이래서 아이들을 좋아하지 않을 수 없다.

숲 해설이 시작되자마자 아이는 내 뒤에 꼭 붙어서 쉴 새 없이 재잘거린다.

"선생님, 저 여기 어떻게 왔게요. 비행기 타고 왔어요!"

"우와~, 그렇구나. 좋았겠다."

조금 맞장구를 쳐주니 금세 우리 엄마는 저기에 있고 누나는 몇 살이며 등등 가족 이야기부터 제일 친한 친구는 누구라는 것까

지 술술 나온다. 이러다 숲을 걷는 내내 이 아이에게 끌려다니게
될 것 같았다.

"선생님이 멈춰서 다른 사람들에게 이야기할 때는 조용히 들
어주고, 다시 걸어가기 시작하면 그때 궁금한 걸 물어보면 어떻겠
니?"

아이는 그렇게 하겠노라고 씩씩하게 대답했다. 아이코, 하지만
여덟 살 아닌가. '그런데요~' 하며 금방 자기 하고 싶은 말을 이어
간다. 다른 손님이 없었다면 계속 들어줄 수도 있던 상황이었다.
숲 해설을 해야 하는 상황에서도 계속해서 나와 대화하고 싶어서
종종거리니 참 난감했다. 안 되겠다 싶어 그때부터는 '잘 모르겠는

데?' 정도로만 답하고 다른 사람들과 대화를 나누며 시선을 피하기 시작했다. 나름 그 안에서 바쁜 어른인 척을 한 것이다.

　그랬더니 이제는 다른 사람들에게 이야기를 건네기 시작한다. 엄마가 몇 번이나 눈치를 주고 무서운 표정을 지으며 주의를 주었지만 이런 일은 일상다반사인가 보다. 별로 아랑곳하지 않고 모르는 사람들에게도 계속 이야기를 건네는 아이였다. 조용한 가운데 쫑알거리는 목소리기에 나의 안내 소리와 겹치며 해설에 더 방해되었다.

차라리 그럴 거면 다른 손님 말고 나에게 물으라는 심정으로 이쪽으로 오라며 손을 당겼다. 손을 잡는 순간 그 조그맣고 오동통한 손이 무척이나 따뜻했다. 봄바람이 아직은 꽤 차가운 날이어서 손이 시리던 차였기에 순간적으로 "우와, 손이 따뜻하네!" 하고 감탄했다. 그러자 꼬마는 정말 큼지막한 미소를 지으며 "제 손은 난로예요. 우리 엄마도 제 손이 좋다고 했어요. 제가 따뜻하게 해드릴게요." 하고는 양손으로 내 손을 꼭 감싸 쥐었다.

그렇게 그 꼬마와 나는 손을 잡은 채로 숲을 걸었다. 그다음부터는 질문을 해오지 않았다. 언제 그랬냐는 듯이 말없이 산책하고 조용하게 나의 안내를 들었다. 선생님의 손을 따뜻하게 해 주는 것이 자기의 의무인 양 번갈아 가며 손을 잡고는 숲을 걷는 내내 싱글벙글 미소 지어 주었다. 마음이 몽글몽글해졌다. 이 아이는 나를 귀찮게 하려던 게 아니라 그저 관심이 받고 싶었던 거였구나.

작고 오동통한 그 아이의 따뜻한 손이 종종 생각날 것 같다. 돌이켜보니 너무나 사랑스러운 아이였다. 내가 마음을 줬다고 생각했는데, 오히려 내가 따스함을 받았구나.

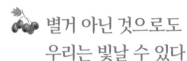 별거 아닌 것으로도
우리는 빛날 수 있다

알록달록 화려한 꽃밭을 기대한 분들은 정작 초록빛만 가득한 곳자왈에 오면 실망을 한다. 커다란 나무 그늘에 가려 키 작은 풀들은 잘 자랄 수가 없고, 그렇게 눈에 띄는 꽃들이 별로 없으니 자연스럽게 꽃을 바라고 온 분들은 한소리를 내뱉는 것이다. 흐드러지게 피는 벚꽃 정도를 봐야 사람들은 꽃놀이했다고 느낀다. 우리 눈에는 밋밋한 이 숲이 새들이 보기에는 꽃밭 천지일 수도 있는데 말이다.

봄에 숲 안내를 하다 보면 꼬마 아이들이 네 잎 클로버를 찾았다며 나를 부를 때가 있다. 작고 하얀 꽃을 피운 것이 개구리발톱이다. 내가 볼 때는 전혀 다른 것 같은데, 책이나 영상을 통해 식물을 접한 아이들에겐 비슷해 보이나 보다.

사실 이 식물을 잘 알긴 하나 이름은 최근에야 알았다. 부끄러

운 일이지만 희귀 식물들의 이름은 달달 외우면서 이렇게 어릴 적
부터 늘 보고 자란 들풀들은 '검질(잡초)'이라고만 불렀다. 해설가이
기 이전에 농부의 딸이 맞나 보다. 그런데 한번 이름을 듣고 나니
잎 모양이 꼭 개구리의 물갈퀴 같은 게 귀엽다. 꽃은 또 얼마나 소
박하고 앙증맞은가? 어떻게 보면 쓸모없는 검질이고, 어떻게 보면
아름다운 야생화인 것이다.

봄에는 참 작은 꽃들을 많이 볼 수 있다. 걷는 발길에는 종달새
모양의 보라색 긴 꿀주머니가 달린 '자주괴불주머니'가 쪼르륵 피
어 있다. 요정들의 비밀 무도회로 불린다는데 작지만 오밀조밀 붙
어있는 그 모양이 볼수록 신기하기만 하다. 그 밑에는 나지막하게
얼굴을 내민 푸른빛의 '큰개불알풀' 꽃도 볼 수 있다. 예쁘고 수줍

은 얼굴에 비하면 그에 붙은 정명은 여자가 부르기에는 부담스러워 아쉬웠는데, '봄까치꽃'이라는 이명은 제법 잘 어울린다.

이걸로 끝인가 해서 봤더니 그 옆에 더 작은 흰색 '별꽃'이 수줍게 웃는다. 그러고 보니 내 발치에도 한 다발의 꽃이 피어있다. 꽃 뒤편에 있는 꿀주머니가 날카롭고 안으로 오므라든 모양이 꼭 매의 발톱 같아서 '매발톱', 꽃대가 꿩 다리처럼 늘씬하게 생겼다고 '꿩의다리', 지독한 냄새가 난다고 '노루오줌' 등 참 재미있는 이름을 가진 것들도 많이 있다. 꼭 숲을 찾지 않아도 주변을 둘러

보면도 분명 아스팔트나 시멘트 틈에서도 자라나는 강인한 생명들이 있을 것이다. 나는 이렇게 작은 것에서부터 봄을 느껴보는 연습을 한다. 발밑에서 꽃을 찾다 보면 반짝반짝 봄이 보인다.

봄꽃만큼이나 반짝반짝 빛나는 사람들이 있다. 하루에도 수십 명 수백 명을 대하는데 유독 눈이 가고 오랫동안 기억에 남는 이들 말이다. 잠깐의 만남과 스침 속에서도 여운을 남기는 이들은 어떤 사람들일까 곰곰이 생각해봤다.

비가 추적추적 오는 날 찾아왔던 에너지 넘쳤던 아가씨와 그의 아버지. 하늘도 흐리고 숲도 어두컴컴한 데다 그 시간대에 손님도 단 두 분밖에 없었다. 보통 봄비 내리는 날은 화사한데, 그날은 그야말로 시커먼 먹구름이었다. 날씨도 기분도 축축 처지는 날이라 실망하겠다 싶었는데 들어가자마자 둘이 동시에 '우와' 하고 감탄하며 말했다.

"이런 날씨 덕분에 어두운 숲의 모습을 보는 것도 특별한 행운이네요. 왠지 탐험가가 된 것 같아요."

그 해맑은 목소리에 앞을 분간하기도 어려웠던 으슥한 숲을 나도 덩달아 기분 좋고 경쾌하게 걸을 수 있었다.

이야기를 들을 때 방청객처럼 크게 호응해주는 손님들이 있으면 나도 모르게 신이 나서 술술 이야기가 풀린다. 밝고 긍정적인 반응은 자연스럽게 상대방의 밝은 표정을 끌어낸다. 어떤 상황에서도 긍정적으로 바라보는 그 시선이 그들을 잊지 못하게 한다.

유쾌함과 큰 반응이 아니더라도 경청하는 자세가 아름다운 분들도 계시다. 정중하게 말하며, 해설을 들을 때에도 유머에 미소를 지어주시고 가끔 조용하게 고개를 끄덕이며 '나 당신 말에 집중하고 있소' 라고 표현해 주시는 분들이다.

함께 일하는 해설가님들께 어떤 손님들이 가장 기억에 남는지 물었던 적이 있다. 연예인이나 유명인사를 만난 일, 혹은 특별한 에피소드가 나올 줄 알았다. 그런데 그냥 평범한 손님들 이야기를 해주었다. 우리가 기억하는 반짝반짝하는 사람들은 다른 이들과 크게 다르지도 않았다. 그저 밝은 표정, 경청하는 모습, 자신을 낮추

고 상대방을 존중하는 태도, 감사 인사를 건네는 정도다.

그런데 돌이켜보면 나 또한 다른 곳에 가서 이러한 모습을 보이지 못할 때가 많다. 주변 사람들에게는 잘할 수 있다. 그러나 여행지에서 만나는 숲해설가나 매표원처럼 한 번 보고 지나칠 인연을 대할 때는 신경 쓰지 못하는 부분들이라는 점이다. 별거 아닌 것만으로도 우리는 충분히 반짝이는 사람이 될 수 있다.

 꼬꼬마 형제는 너무해

"내가 먼저 가고 있었잖아."

"너 때문에 넘어질 뻔했잖아!"

해설할 때 듣고 있는 손님들이 이야기를 하고 있으면 신경이 그쪽으로만 곤두서게 된다. 그 손님이 멀찌감치 떨어져서 오고 있더라도, 눈치 보며 목소리를 낮추어 속삭이고 있는 상황에서도 말이다. 그럴 때면 말이 어찌나 엉키는지 모른다. 그다음 설명해야 하는 말을 까맣게 잊어버린 적도 있다. 작게 말해도 그런데 일곱, 여덟 살이라는 두 형제는 해도 해도 너무했다.

처음부터 해설이 끝날 때까지 별거 아닌 상황에서도 시비가 붙는다. 그것도 내 앞에 딱 붙어서 서로 먼저 가겠다며 다툰다. 두 아이가 제일 앞에 서서 시끄럽게 싸우는 풍경 뒤로 다른 참가자들이

얼굴을 찌푸린다. 분위기마저 말이 아니었다.

엄마가 중간 중간 주의를 주고 경고도 하고 뒤로 끌어내리기도 했다. 그러면 괜찮아지는가 싶다가도 서로 툭툭 치면서 금방 또 시끄러워진다. 열심히 듣겠다며 싸우고 앞으로 다시 냉큼 나오고 있으니, 혼을 내기에는 모호한 상황이다.

갈등의 길에 다다랐다. '갈등'이란 단어를 국어사전에서 찾아보면 "칡과 등나무가 서로 얽히는 것과 같이 개인이나 집단 사이에 목표나 이해관계가 달라 서로 적대시하거나 충돌함. 또는 그런 상태"라고 나와 있다.

갈등의 한자어 또한 '칡 갈(葛)'과 '등나무 등(藤)'이다. 위에서 보면 칡은 반시계 방향으로 감고 올라가며, 등나무는 시계 방향으로 감고 자라기 때문에 이들은 같은 지점에서 자란다면 어쩔 수 없이 부딪히고 엇갈릴 수밖에 없다.

이때다 싶어 두 아이를 바라보며 덧붙였다.

"서로 화합하지 못하는 사람들을 보고 칡과 등나무 같다고 한단다."

그랬더니 동생이 대답했다.

"걱정하지 마세요. 엄마가 우리가 이렇게 많이 싸워도 스무 살이 되면 엄청 사이좋은 형제가 된대요!"

그 말에 형도 맞장구를 치며 동생과 사이좋게 어깨동무를 해 보였다. 진지하면서도 해맑게 대답하는 그 말과 표정이 무척 사랑스럽고 귀여웠다. 조금 전까지 형제들 때문에 얼굴 찌푸리던 손님들도 함께 깔깔 웃기 시작했다.

그렇게 한바탕 웃고 나니 듣고 있던 사람들의 얼굴이 맑아져 있다. 언제 그랬냐는 듯이 무척 화기애애한 분위기가 되어서는 '싸우면서 크는 건 당연하다.', '우리 애들이 지금은 얼마나 서로 죽고 못 사는 사이인지 모른다.' 등등의 말들이 오가기 시작했다.

긴장감이 맴돌며 불편했던 해설이 그다음부터는 술술 나오기 시작했다. 그렇게 그곳에 있던 사람들은 어느 때보다도 분위기가 좋은 사람들이 되어 있었다. 정말 긴장감과 갈등이 있었기에, 그 갈등의 요소가 풀렸을 때는 극적으로 더 좋은 결과가 나타난다는 것

이 눈으로 보이는 순간이었다.

　드라마 〈나의 아저씨〉에서 평범한 오십대 남자 주인공이 무섭게 생긴 사채업자와 싸우기 시작하는 장면에서 "나 삼형제야!" 라는 대사를 던진다. 삼형제는 돌 무렵 숟가락 들기 시작할 때부터 장난 아니게 싸워서 맷집이 있다는 말이었다. 나의 경우만 해도 살면서 크게 소리쳐본 적도 없고, 어릴 적부터 딱히 누군가와 싸워본 기억이 없는 다툼을 싫어하는 성향의 사람이다. 그런 나도 어릴 적 오빠와는 하루에도 몇 번씩이나 치고받고 싸웠는지 모른다. 그때는 오빠가 무척 얄밉고 싫었다.

　이제는 우리 아이들이 똑같이 싸우고 있다. 아직 말도 잘 못하는 둘째가 어쩌나 오빠의 성질을 건드리는지, 왜 첫째는 가만있는 둘째를 이유 없이 건드리고 가는지, 왜 똑같은 장난감이 두 개여도 하나를 가지고 싸우는지 하루라도 조용히 넘어갈 때가 없다. 그래도 저렇게 싸우는 시간이 쌓이면, 서로에게 가장 진솔한 모습을 보여줄 수 있는 둘도 없는 친구가 된다는 걸 알고 있다. 또한 이렇게 많이 싸워본 아이가 다른 자리에 가서도 쉽게 주변 사람들과 맞춰 나갈 수 있을 것이다.

나무도 서로 자리 경쟁을 하며 자랄 때 더욱 크게 자라난다. 그렇다고 마냥 경쟁만 하는 것은 아니다. 어느 정도의 간격을 유지하며 서로 타협하기도 하고 양보하기도 하면서 본인들의 살아갈 공간을 만들며 궁극적으로는 숲을 이룬다. 갈등이 있기에 고민이 있고 발전이 있고 화목이 생기듯, 부딪히는 것이 결코 나쁜 것만은 아니라는 생각을 두 형제를 통해 배운다.

봄의숲
이야기
With

- 향기로 가장 먼저 봄을 깨우는 제주백서향
- 단풍나무에도 꽃이 핀다
- 가을 단풍마냥 붉은 녹나무 새순
- 천혜향도 한라봉도 탱자 따라가려면 멀었다

향기로 가장 먼저 봄을 깨우는
제주백서향(천리향)

봄비가 내린다. 사람들은 봄에 제주에 오면 벚꽃이 흩날리고 유채가 흐드러지게 핀 풍광 속에서 자세를 취하며 봄을 만끽한다. 하지만 내가 있는 곶자왈 숲 안의 식물들은 봄이라고 극적인 호들갑을 떨지 않는다.

하지만 숲에 있다 보면 누구보다도 먼저 봄을 알아차릴 수 있다. 흩날리는 꽃잎보다, 포근한 날씨보다, 촉촉한 봄비보다 먼저 말이다. 바로 제주백서향 덕분이다. 날씨가 제법 쌀쌀할 때도, 늦겨울 눈 속에서도 하얀 몽우리를 피웠다가 봄이 왔다 싶으면 홀연히 져버리는 부지런한 녀석이다.

봄과 여름에 피는 꽃들은 알록달록 참 화려하다. 지나가는 벌과 나

비의 눈에 띄기 위한 그들만의 생존 방법이다. 하지만 제주백서향은 색보다는 향으로 승부한다. 아직은 추위가 걷히지 않은 이른 봄. 벌과 나비가 활동하기 전이라 향기의 반경을 멀리 보내 그들을 부르기 위함이란다. 백서향과 더불어 봄을 알리는 매화, 수선화도 향이 참 깊고 진함을 알 수 있다.

숲을 방문하는 이들에게 향이 천 리를 간다고 해서 천리향으로 더 잘 알려져 있다고 안내를 하면 하나같이 코를 대본다. 뒤늦은 봄에 제주백서향을 만난 이들은 천리향이라면서 왜 향이 나지 않느냐고 종종 따지기도 한다. 그러면 나는 대답한다.

"선생님 맡으라고 향기를 풍기는 녀석이 아니에요."

앞에서 백서향은 벌과 나비를 유인하기 위해서 향기를 풍긴다고 했다. 벌, 나비가 왔다 갔다는 건 꽃들의 입장에서는 이미 결혼을 해버린 것이다. 모든 꽃은 한 번 수정이 되면 얼굴이 우그러지거나 향기를 없애거나 뭔가의 조치를 취해간다.

우리는 종종 착각한다. 숲이, 식물이 나를 위해서 꽃을 피운 것만 같고, 나를 위해서 향기를 뿜는다고 생각하는 것이다. 꽃과 함께 아름다운 봄을 만끽하는 것은 정말 즐거운 일이다. 하지만 그들로서는 살아보고자 하는, 또 다른 새 생명을 위한 몸부림이기도 하다. 한 아름 꽃을 꺾어 사진을 찍기보다는 자연 속에서 꿈틀대는 풍경을 바라보며 나 또한 살아있음을 느껴보는 하루가 되면 어떨까?

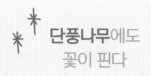

단풍나무에도
꽃이 핀다

야마오 산세이의 『더 바랄 게 없는 삶』이란 책에는 이런 구절이 있다.

"누구에게나 사건이라 이름 붙여도 좋을 만한 한 그루의 나무가 있기 마련이다. 그것은 나무가 아닐 수도 있다. 풀일 수도 있고, 어느 날의 저녁 해일 수도 있고 어느 강일 수도 있다."

풍경이란 사건이다. 참 멋진 표현이다. 그저 바라보게 되는 풍경이 그냥 그 자리에 있는 멈추어진 상이 아니라 시간과 공간 안에서 펼쳐 지는 사건이기도 하다니 곱씹으면 곱씹을수록 멋지다.

나에게 단풍나무는 사건이다. 단풍이라 하면 흔히 빨간색과 가을을 떠올린다. 하지만 나는 연두색과 봄이 먼저다. 사계절 푸르른 상록수가 빽빽한 곶자왈 숲만 바라보노라면 겨울에서 봄이 넘어가는 순간을 도통 느낄 수 없는데, 단풍나무가 보들보들한 잎을 틔우는 순간 봄도 함께 피어나는 것 같기 때문이다. 조그맣게 오므린 채 작은 바람에도 흐느적거리는 모양새는 도톰하고 뻣뻣한 진한 초록 잎들 사이에서 눈에 띌 수밖에 없다. 분홍으로 흐드러지게 꽃을 피우는 벚나무라도 함께 있으면 봄 단풍 따위는 거들떠보지도 않을 텐데 이곳 곶자왈 숲에서는 오늘도 단연 단풍만이 돋보인다. 다른 키 큰 나무들의 잎이 움트기 전에 한 번이라도 더 햇빛을 받기 위해 아래에서부터 부지런히 손을 펼치기 시작한다. 이래서 봄은 아래서부터 시작되고 겨울은 위에서부터 찾아온다고 하나 보다.

깊어진 봄 숲을 걷다 보니 단풍나무 꽃들이 보인다. 단풍나무 꽃은 워낙 작아서 눈여겨보지 않으면 알아채지 못한다. 방문하는 이들에게 단풍나무 꽃을 본 적 있냐 물으면 열에 아홉은 단풍나무에도 꽃이 피냐며 의아해한다. 나 또한 단풍의 연둣빛을 사랑하게 된 후에야 꽃을 알아채기 시작했으니 매일 보는 풍경 안에서도 관심의 여부에 따라 보이는 범위도 달라진다는 게 사실인 것 같다.

가을 단풍마냥 붉은
녹나무 새순

계절별 색상이라 하면 봄에는 보통 연둣빛 새싹, 가을이면 붉은 단풍을 떠올리는데 이 나무는 조금 다르다. 봄에 어린잎이 올라오는데 붉은빛의 새순이라 멀리서 보면 꼭 단풍이 드는 것처럼 보이기 때문이다. 녹나무는 겨울에도 잎이 지지 않는 상록성의 나무이다. 진초록 잎은 그야말로 가죽처럼 질기고 광이 나서 다른 나뭇잎과 견주었을 때 한층 건강해 보인다. 코에 대 보면 그 특유의 나무 향이 깊게 올라온다.

몇 년 전에 글씨나 그림을 나무에 새기는 서각을 한창 배웠었다. 1년 넘게 말린 녹나무였는데도 칼로 몇 조각 파내니 꼭 살아있는 듯이 진한 향을 풍겨서 깜짝 놀랐다. 녹나무를 가지고 좁은 방에서 조각하다 보면 그 향에 취해 어지럽기까지 했기에 유독 기억에 남는다.

곶자왈 안에서도 종종 보이지만 내가 사는 동네의 가로수가 녹나무이기에 더욱 친숙하다. 지금은 심은 지 몇 년 되지 않아 초록 길을 만드는 것에 만족하지만, 성장이 빠르고 거목으로 자라는 나무이기 때문에 나중에는 숲 터널을 만들어 멋진 풍광이 연출되지 않을까 기대가 된다.

커다란 나무들이 양옆에 줄지어 있으면 도로를 넓히기 힘들다고 불평하는 이들이 있다. 그런데 대도시의 도로에 가보면 눈이 맵고 숨

쉬기가 힘듦을 금방 느낄 수 있다. 빠르고 편리한 넓은 도로보다는 쾌적하고 푸르른 아름다운 길이 미래 세대들에겐 더 어울리지 않을까?

천혜향도 한라봉도
탱자 따라가려면 멀었다

고사리 장마다. 여름철같이 봄볕이 따갑더니 며칠 동안 황사로 하늘이 뿌예져서 이게 도통 제주도 하늘이 맞나 의심이 들었다. 그러나 며칠 비가 쏟아지더니 하늘이 말갛게 개었다. 이제 숨통이 좀 트인다. 그렇게 몇 날 며칠 비 오는 틈에 하얀 탱자꽃이 피었다. 날카롭고 거친 가시덤불 사이에 하얀 꽃들이 얹어진 풍경이 누군가 예술적으로 꽃꽂이를 해놓은 듯 기묘하면서도 조화롭다.

하루 만에 활짝 핀 꽃들을 사람들이 먼저 알아본다. 오늘만도 무슨 꽃이냐는 질문을 세 번이나 들었다. 탱자나무 꽃이라 알려주면 사람들은 더욱 놀란다. 지나가기만 해도 깊게 찌르는 날카로운 가시가 있어서 과거에는 동물들의 침입을 막는 생울타리로 많이 쓰였다. 그래서 나이가 좀 있는 분들은 탱자를 기억한다.

제주 곶자왈 숲에는 거친 탱자나무가 많다. 제주를 대표하는 감귤의 묘목을 만들 때 대목으로 쓰였기에 어릴 적부터 익숙하다. 감귤나무를 전정한 가지를 나르다 보면 밑둥치에 남아있는 가시에 깊게 손이 찔리기도 했다. 탱자나무의 가시는 빨간색 고무로 코팅된 장갑까지도 뚫어 버리는 예리하고 무서운 녀석이다. 어릴 적 아픈 기억은 뒤끝이 꽤 오래간다. 그래서 썩 달갑지 않은 나무이다.

그에 반해 노란색 조그맣고 단단한 열매는 얼마나 향긋한지 모른다. 지극히 개인적인 생각이지만 레몬도 천혜향도 한라봉도 탱자 열매 향을 따라가려면 멀었다. 꽃 향도 얼마나 은은하고 매력적인지 모른다. 향기가 달콤해서 한입 콱 깨물어보고 싶다. 그럼 덩달아 생각나는 노래가 있다.

"내 나이 열 살 되던 날, 할아버지 말씀이 레몬 같은 사랑은 하지도 말래요. 레몬트리는 향기롭고 아름다운 꽃이 피지만 안타깝게도 열매만은 먹을 수가 없대요."

가사가 정확하지는 않지만 가사 뜻도 모른 채 신나게 쎄쎄쎄를 했

다. 아주 시골에서 자랐던 나는 그때까지도 레몬을 실제로 볼 일이 없었다. 그래서 그런지 이 노래를 부를 때마다 탱자를 머릿속으로 떠올렸던 것 같다..

그런데 자라고 보니 무서운 녀석이긴 하지만 고마운 녀석이기도 하다. 감귤의 튼튼한 뿌리가 되어 주기도 하고, 제주의 곶자왈 숲에 나무가 자랄 수 있도록 사람들로부터 숲을 지켜 준 존재임을 알기 때문이다. 살짝 탱자나무가 좋아지려 한다.

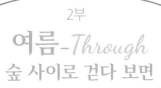

2부

여름-*Through*
숲 사이로 걷다 보면

일상적인 해설이었는데
그분은 무엇에 감동받았을까?

어제까지만 해도 우중충한 장맛비가 쏟아지더니 오늘은 반짝 햇볕이 내리쬔다. 물먹은 솜처럼 눅눅했던 기분을 뽀송하게 말리고 싶어 숲 외곽을 돌아보고 있는데 남편이 안내하는 숲 해설이 멀찍 감치 들려왔다.

남편도 숲해설가이다. 남편과 나는 내가 생각해도 참 다른 둘이다. 물론 좋아하는 것들과 취향, 선호하는 스타일과 살아가고자 하는 삶의 방식은 비슷하다. 그래서 연애 시절에는 우리가 제법 닮았다고 생각했다.

그런데 입맛이나 성격, 대상을 바라볼 때의 생각이나 자라온 환경, 행동 패턴은 매우 달랐다. 요즘 유행한다는 MBTI 검사를 했더니 둘이 같은 게 하나도 없어서 놀랐다. 정말 정반대의 사람이었구나. 서로 달랐기에 끌렸을 것이고, 서로의 부족한 점을 채워나가니

부분인가보다. 덕분에 분명 같은 숲에서 같은 내용을 전달하지만 누가 전하는지에 따라 숲의 색이 달라진다.

나는 성격 유형으로는 '호기심 많은 예술가' 형이다. 감성적이고 작은 것이 소중한 사람이다. 그래서 해설 또한 숲에서 살아가는 생명과 우리의 삶을 덧붙여 듣는 이들에게 감동을 주고자 노력한다. 반면 남편은 '논리적인 사색가' 형으로 창의적이면서도 분석적이고, 영리하며 순발력이 뛰어난 사람이다. 나와는 달리 무척 꼼꼼하고 철저해서 문제 해결을 위한 방법을 제안하는 것을 선호하는 사람이다.

이야기라는 건 뭔가 물과 같아서 어떤 그릇에 담기느냐에 따라

형태가 자유자재로 바뀌는 것 같다. 아니나 다를까 듣는 이들의 지적 호기심을 충족시켜주는 풍부한 정보를 바탕으로 분석적이면서도 재치 있는 해설이 진행되고 있었다. 피식 미소가 지어졌다. 참 남편답다.

해설을 잘하고 못하고의 비교가 아니라 우리의 해설은 결이 다르다. 논리적인 사람이 듣기에 내 해설은 조금 유치할 수 있다. 하지만 감성적인 사람은 내가 하는 해설에 눈물을 글썽이며 감동적이라고 칭찬해준다. 반대로 남편의 해설은 감성적인 사람이 듣기에는 복잡하게 느껴질 수 있지만, 논리적인 사람이 들으면 명쾌하고 유익한 시간이었다며 극찬을 한다. 이쯤 설명하면 숲 안내가 어떠한 느낌으로 이루어지는지 감이 잡힐 것이다.

그런데 웬일인가. 남편의 해설을 듣고 나오시는 어떤 분께서 눈물이 그렁그렁해서는 너무 잘 들었다고, 감동적이었다고, 감사하다고 연신 인사를 반복하고 가는 것이 아닌가. 물론 남편도 감동적인 해설이었다는 반응을 듣기도 한다. 하지만 이번 반응은 유난했다. 좋은 라이벌 관계의 남편에게 어떻게 안내를 했기에 눈물을 흘릴 만큼의 반응이었는가를 물었다.

그런데 남편은 일상적인 해설을 했다고 한다. 방금 그 손님은 한 아이의 어머니인데, 그 아이가 조금 특별했단다. 무척 산만했고 말도 안 되는 질문들을 끊임없이 해 댔단다. 부모는 괜히 아이를 이곳에 데리고 와서 다른 손님들에게 민폐를 끼치는 것은 아닌가 하면서 안절부절못했고, 남편은 그 아이의 손을 붙잡고 차근차근 다닌 것밖에 없단다. 초등학교 고학년쯤 돼 보였지만 행동은 꼭 네다섯 살 아이 같았단다. 다행히 그때 당시 내 남편은 여섯 살, 네 살 두 꼬마의 아빠가 아닌가. 어르고 달래며 숲 해설을 처음부터 끝까지 이끌고 갔단다.

아마도 그 엄마는 자신의 아이를 아무 거리낌 없이 대하는 그 태도에 감동받은 것 같다. 있는 그대로의 모습을 품어주는 것만으로도 누군가에게는 큰 위안이 될 때가 있다. 그동안 얼마나 많은 찌푸림을 마주했기에 그것만으로도 눈물 나게 고마운 일인가 생각하니 마음이 짠해졌다.

조금 다른 이야기인데, 문득 숙소 처마에 집을 지은 제비 가족이 떠올랐다. 새끼 제비 네 마리가 올망졸망 그 좁은 둥지에서 몸을 불려 가더니 며칠 전 결국 한 마리가 떨어졌다. 비좁은 둥지 안에서 경쟁하며 자라다 보면 종종 생기는 일이다.

작년에도 같은 일이 있었다. 그때는 사다리를 타고 새끼를 둥지에 올려주었다. 그런데 그 녀석이 다음 날 바닥에 떨어진 채 죽어 있었다. 유독 약한 아이여서 그랬을까, 아니면 떨어질 때 다쳐서 무리에서 도태되었을까. 그 조그만 얼굴과 눈빛을 보고 인사를 나눈 사이였기에 마음이 더욱 좋지 않았다. 그때 당시에 내가 건드려서 잘못된 것은 아닐까 싶은 마음도 있었다.

이번에는 폭신한 상자도 밑에 깔려 있었기에 어미 새가 와서 도움을 주지 않을까 싶어 기다려보기로 했다. 그런데 바로 그 밤사이에 또 아기 새가 하늘나라로 갔다. 난 뒤늦게 어떻게 하는 게 현명한 방법인지 인터넷 이곳저곳을 검색해보았다. 새끼 제비를 둥지에 올려줘서 무럭무럭 잘 자라 날아갔다는 후기들이 꽤 보여서 씁쓸했다. 그제야 그냥 그때 올려줄걸 하고 후회했다. 나한테는 그리 힘든 일도 아니었는데 '예전에 도와줘봤자 나아지지 않더라' 하는 생각 때문에 안일하게 대처하지 않았나 반성해본다.

새끼 제비처럼 요즘은 아픈 아이들이 너무 많다. 몸이 아픈 아이들도 많고 마음이 아픈 아이들도 많다. 그런 아이들을 품어주고 보듬어주는 것은 부모의 노력만으로 되지 않는다. 좋은 친구와 좋은 선생님도 필요하다. 그리고 아픈 아이들의 모습을 있는 그대로 받아줄 수 있는 한 사람 한 사람의 시선과 작은 친절, 배려가 필요함도 절실히 느낀다. 당사자가 아니면 그 마음을 헤아리기 힘들다. 나도 부모가 되어서야 어렴풋이 느끼기 시작했다. 측은하게 여기

는 것과 내가 그 상황이 되어보는 것은 확연히 다르다.

이태원 참사 때 신문 칼럼에 실린 내용에 공감이 되었다. 이십대 아들이 이태원에 놀러 갔는데 밤새 연락이 안 되었단다. 뉴스를 보고 현장으로 달려나갔고 발 동동 구르며 밤새 마음이 찢어질 것 같은 상황에서 하루를 보냈단다. 다음 날, 본인 아들은 술에 취해 친구 집에서 잠들었다는 연락을 받았다. 다행이긴 했지만 밤새 그 자리에서 함께 눈물 흘렸던 엄마로서 그때부터는 참사가 남 일처럼 안 보이더란다. 그 마음으로 아이들을 대해야 한단다.

경험해보지 않으면 모를 감정들이 있다. 지금 이삼십대는 결혼도 아이 갖기도 포기한 세대란다. 내 주변만 해도 많은 친구들이 비혼을 말한다. 결혼하고 아이를 낳는 과정에서 주체적인 나의 모습은 사라졌다. 참 쉽지 않은 과정이다. 그런데 그 과정에서 배운 것들이 많아졌다. 결혼을 통해 나의 세상이 두 배로 넓어졌고, 한 아이를 통해 셋으로, 또 다른 아이를 통해 넷으로, 사람마다 삶의 방식과 생각이 정말 다름을 느끼게 되었다. 네 사람이 지닌 네 가지 방식의 세상을 알게 된 느낌이다. 이해의 폭이 넓어지면 너그럽게 받아들일 수도 있게 된다.

문득 독일의 육아 환경 사례가 떠오른다. 예전에 함께 일했던 연구원님(지금은 대표님이자 박사님이기도 한 멋진 분이다. 나의 이십대를 이끌어준 분들이 계신 첫 직장에서 참 많은 배움을 얻었고, 지금도 나는 이분들께 많은 가르침을 받는다.)과 오랜만에 전화기를 붙잡고 수다를 떨었다. 내 아이에게 걱정이 되는 부분이 생겨서 살짝궁 문자를 남겼는데 밤늦도록 통화가 이어졌다. 말을 할 때 끊임없이 진행되는 걸 보면 연구원님은 정말 술술 이야기를 풀어낼 수 있게 만드는 매력 있는 분이다.

연구원님이 독일에 계실 때 조카가 하원하는 풍경을 본 적이 있는데 현관이 무척 커서 그 누구도 서둘러서 하원하지 않았다고 한다. 아이들 스스로 신발을 신고 정리하고 옷을 챙겨 입어도 붐비지 않고, 학부모들도 느긋하게 기다릴 수 있는 환경이라니 마냥 부러웠다.

또 다른 일화로 유치원 방학기간 동안 아이가 돌봄이 필요했는데 아빠가 직장으로 아이를 데리고 갔다고 한다. 그러면 직장에서는 아빠가 일하는 데 방해받지 않도록 아이를 돌보는 시터를 구해준다고 한다. 일을 하면서 건강한 가족생활을 영위할 수 있도록 회사가 책임져야 한다는 생각이라니 너무 멋지지 않은가? 우리도 이런 환경이 당연시되는 때가 분명히 오겠지?

밤의 숲을 사랑하게 만든 그 한마디

매년 때가 되면 준 것 없는데도 꽃을 보여주는 나무들이 고맙게 느껴질 때가 있다. 나에게 치자나무가 그렇다. 반질반질한 잎도 아름답지만 긴 시간 그 자리에 있었는지 깨닫지 못한 채 지내다 장맛비가 내리고 길거리 지나는 사방에 향기가 난다 싶으면 어김없이 하얀 꽃이 활짝 피어 있다.

환상숲 마당에 있는 꽃은 엄밀히 말하면 '꽃치자'이다. 여섯 장의 꽃잎이 바람개비 모양으로 달리는 일반 치자나무와 달리 장미처럼 꽃잎이 여러 겹으로 겹쳐져 있다. 일반 치자나무가 달달하고 은은한 향을 품고 있다면, 꽃치자는 길을 걷는 사람마다 어디서 나는 향인지 물어볼 만큼 향기가 더욱 강하다. 여름이 오나 보다. 해가 제법 길어졌다. 빨갛게 사라져가는 해를 바라보며 차를 끓이기 시작한다. 오늘은 밤손님을 맞이하는 날이다.

　한 달에 한 번 보름달 즈음의 금요일 밤에 야간 투어를 진행한다. 캄캄한 숲을 걸어야 하니 나의 시야 안에 들어오는 인원만 인솔 가능했다. 그래서 오로지 열 명의 손님들만 받는 산책이다. 밤의 숲은 참 놀랍다. 아침 숲이 새소리로 깨어난다면 밤의 숲은 풀벌레 소리로 채워진다. 매일 걷는 그 길이 새로운 공간으로 변해있다. 숲의 풍광이 눈앞에 펼쳐지진 않지만, 시각을 제외한 다른 감각들이 함께 살아나는 시간이다. 조금 더 옆 사람의 숨소리에 귀기울이게 되고 발끝의 감각과 숲이 주는 향기에 집중하게 된다.

　사실 야간 투어를 진행하는 이유는 나를 위해서이다. 매일 수

많은 손님을 안내하다 보니 어느 순간부터는 누가 누군지 기억에 남는 얼굴들이 없어지기 시작했다. 매일 반복되는 일상 속에서 기억에 남는 사건을 만들어보자, 그리고 한 달에 적어도 열 명 정도는 기억해보자는 생각으로 꾸려나가는 프로그램이다.

밤의 숲은 나에게도 낯선 공간이다. 그래서 조금 더 신중하게 바라보게 되고 준비된 나의 이야기를 풀어내기보다는 숲을 찾은 이들의 이야기도 듣게 되는 시간이 많다. 그렇게 세 시간을 보내면 나 또한 그들과 함께 여행한 것 같은 기분이 든다. 그래서 고단하지만 기대하고 기다려지는 시간이 되었다.

12년 전 나는 낮에도 어두컴컴하다며 숲에 홀로 들어가지 못하던 겁쟁이였다. 어둠이 내리면 신경을 곤두세우게 된다. 주변에 꼭 무언가가 있을 것만 같아 오싹해진다. 처음 야간 투어를 기획하고는 가끔 부스럭대는 노루 소리에 먼저 깜짝 놀라는 건 아닐까 걱정이 되었다. 겁 많은 내가 무섭지 않은 척하며 사람들을 안심시켜야 하는 입장에 놓인 것이다.

　그렇게 잔뜩 긴장한 채 처음 손님들을 모시고 밤의 숲에 들어갔다. 숲에 들어가자마자 누군가가 얘기해주셨다.

　"참 안온하네요."

　말의 힘은 참 대단하다. 첫 말이 만약 '으스스하다'라거나 '무섭다'라는 부정적인 감상이었다면 덩달아 모두가 긴장하게 되었을 것 같다. 그런데 안온하다고 표현해주니 같이 있던 이들이 함께 적막한 숲에서 평온함을 찾게 된 것이다. 덕분에 달빛의 따뜻함이 느껴졌고, 바람이 사락거리는 소리가 잔잔한 파도 소리 같이 느껴졌다. 그리고 그 첫날의 포근했던 투어 덕분에 밤의 숲을 사랑하게 되었다.

　이제는 달이 환하게 뜬 날이라면 손전등을 끄고도 숲길을 걸을 수 있게 되었다. 그 편안함을 나누고 싶어 손님들에게도 걷기 안전한 구간에 다다르면 다치지 않도록 의자에 앉게 한 후 손전등을 모두 꺼보도록 한다. 손전등을 끄고 잠시 침묵을 지키고 있다 보면 눈이 어둠에 익숙해지면서 숲의 형체가 보이기 시작한다. 그 시간이 가장 좋았다고 하는 이들이 많다. 간혹 달도 별도 없는 날이 있다. 처음에는 하늘이 맑지 않아서 너무 어두우면 어쩌나 걱정했다. 그런데 걱정할 필요가 없다는 걸 이제는 알게 되었다. 밤이 아무리 캄캄해도 숲에서 바라보는 하늘은 늘 참 밝다는 생각이 들 것이다. 별똥별 떨어지는 눈부신 밤이면 더 좋겠지만, 구름 잔뜩 낀 밤하늘도 상관없다. 어둠을 머금은 숲 공기를 좋은 사람들과 함께 마시는 것만으로도 뭉클한 감동으로 채워진다.

 한여름 밤의 반딧불이

나는 캄캄한 밤이 내려야 잠이 드는 사람이 되었다. 나만 그런 줄 알았는데, 서울 시댁에 갔을 때 남편이 통 잠을 못 잤단다. 20년 간 살아온 자기 방이 왜 불편할까 의아했는데, 다음 날 암막 커튼을 사서 달더니 이제야 잘 수 있겠다고 했다. 숲 안에서 살다 보니 칠흑 같은 어둠과 고요한 적막은 밤의 당연한 요소가 되었다.

누구에게나 사유하는 시간이 필요하다. 그래서 밤의 적막함이 존재한다. 밤이 있고, 쉼이 있고, 잠을 잘 수 있다는 것은 얼마나 감사한 일인가. 도심의 휘황찬란한 불빛 안에서는 느낄 수 없는 오롯한 어둠을 보기 위해 사람들은 자연을 찾는다. 분명 저 하늘 위에는 수많은 별빛이 쏟아져 내리는데, 수많은 가로등과 간판들이 그 존재를 볼 수 없게 만들어버린다.

어둠이 진해야만 별을 헤아릴 수 있고, 어둠이 깊어야만 반짝이

는 반딧불이도 발견할 수 있다. 간혹 밤 산책 중에 반딧불이를 점점이 마주칠 때가 있다. 사람들이 한참을 그 자리에 서서 하염없이 바라본다. 불씨가 사그라들 듯 점점이 멀어져서 사라질 때까지 정적이 이어진다. 그 풍경이 아름다워 나는 한여름 밤의 반딧불이가 어느 곳에서나 볼 수 있는 풍경이 되길 바라게 된다.

누군가에게 반딧불이는 상상 속의 동물이다. 내가 사는 곳자왈 숲은 반딧불이의 최대 서식처이다. 밤에 누워 가만히 밖을 보고 있으면 창문에 붙은 반딧불이를 만날 수 있다. 환상숲은 손으로 낸 돌길이라 깊은 숲까지 등불 없이 들어가기는 매우 위험하다. 하지만 바로 옆에 위치한 청수곶자왈이나 산양곶자왈은 길이 잘 닦여 있다. 밤 산책이 수월해서 마을 단위로 반딧불이 축제를 열기도 하고 시간별 밤 투어도 진행한다. 덕분에 나는 매년 그 친구들을 마주한다. 밝은 불빛 아래서는 그저 곤충이고 벌레이다. 그 조그마한 생명이 어둠 속에서는 사람들의 마음을 몽실거리게 하는 재주를 발휘한다. 불빛 하나만으로도 마법 같은 순간을 만들어준다. 봐도 봐도 참 오묘하고 신기한 불빛이다.

아이가 세 살쯤 되었을 때였다. 이제 제법 말귀를 알아듣기 시작했고, 아들에게 반짝반짝 크리스마스트리를 연상케 하는 그 풍광을 보여주고 싶어 깜깜한 밤 곶자왈 숲으로 들어갔다. 그런데 이게 웬일인가. 매년 보는 풍광이어도 괜히 설레는 엄마와 달리 아들은 별 감흥이 없다. 좋아하고 흥분하며 쫓아다닐 거라 기대했는데 반짝거리는 그 생명은 쳐다보지도 않고 불이나 켜라는 듯이 휴대전화만 만지작거리는 것이다. 하긴 그 아이 눈에는 반딧불이보다 집에 있는 TV가 더욱 화려하고 반짝거리는 것이겠지 생각하며 씁쓸하게 집으로 돌아왔다.

그런데 돌이켜보니 평상시에 이 작은 아이는 길을 걷다가도 멈춘 채 한참을 그 자리에 있는 아이다. 내 눈에는 보이지도 않는 작은 개미 무리를 보기 위해서, 혹은 지천으로 널려있는 콩벌레를 찾아다니기 위해서, 꾸물거리는 애벌레에게 나뭇잎을 주기 위해서 애타게 자기 이름을 부르는 엄마를 잊어버리기 일쑤다. 그러한 행동을 하고 있을 때 빨리 일어나서 가자고 재촉했던 내가 반딧불이를 보고는 흥미를 보이지 않는다고 실망하다니. 곤충 좋아하는 아이니 반딧불이를 보고 무척 놀라고 좋아할 거라는 기대가 내 선입견이었음을 깨닫는다.

아이러니하게도 나는 멸종 위기 식물이라 하면 특별하게 바라보는 사람들의 시선이 싫었다. 그래서 숲 해설을 할 때도 이 나무는 귀하고 이 넝쿨은 쓸모없는 것이라는 잣대는 모두 사람들이 내리는 판단이라고, 하늘에서 보기에는 똑같이 살고 싶은 귀한 생명이고 똑같이 귀한 땅이라고 강조했던 나였다. 그러면서 콩벌레보다는 반딧불이가 중요하다고 당연하게 여기고 판단했구나 싶었다.

아이 같은 눈으로 모든 사람들이 세상을 바라본다면, 희귀식물이라 해서 무조건 채취해버리는 이들이 없겠지? 반딧불이를 보기 위해 수백 명의 사람들이 시끌벅적하게 한 장소에 모이는 일 또한 없지 않을까?

숲에서 발생한 사건 사고

감사하고 또 감사하다. 지형이 험한 숲임에도 10년 넘게 큰 사고라는 게 없었다는 건 감사해야 할 일이다. 간혹 살짝 넘어져서 무릎이 쓸리는 경우는 있지만, 험한 곶자왈 돌길에서보다 평탄한 주차장에서 넘어져 다치는 경우를 더 많이 보았다고나 할까? 위험한 길에서는 사람들이 더욱 긴장하고 조심하나보다.

그래도 사고가 전혀 없지는 않았다. 피를 본 첫 사고는 아직도 생생하다. 오래전 인근 어린이집 아이들이 찾아왔을 때 일이다. 한 아이가 나무 의자 위에 자꾸 올라갔다. 어린이집 선생님이 계속 주의를 주는데도 금세 또 쪼르륵 올라가서 뛰어다닌다. 불안 불안해 보였는데, 아이쿠 진짜 넘어졌다. 여섯 살쯤 돼 보이는 아이는 으앙 울음을 터뜨렸다. 꿰매야 할 만큼의 상처는 아니지만, 이마에서 피가 났다. 넘어져서 살갗이 쓸리는 정도와는 비교도 안 되는 큰 사

고인 것이다.

병원에 가야 할 만큼의 상처는 아니었다. 그래도 얼굴에 흉이 진다는 건 부모에게 너무 속상한 일이다. 무엇보다도 어린이집에서는 원아가 다치면 곤란할 텐데 어떻게 해야 하나 더럭 겁이 났다. 안절부절못하며 걱정하고 있는데 어린이집 선생님은 오히려 평온하다.

"다친 게 제 아들이에요. 저리 까불다 다칠 줄 알았네요. 다른 애가 안 다쳤고, 저만큼만 다친 게 천만다행이죠."

그때 당시 아가씨였던 나는 그 선생님이 아이 엄마라, 부모로서 직접 정황이 어떻게 되었는지 보았기에 다행이라고만 생각했다. 지

금이 돼서야 그때 보지 못한 마음이 보인다.

속상하지 않을 리가 없다. 분명 놀랐고 슬펐을 것이다. 하지만 내가 맡은 다른 아이가 다친 게 아니라 다행이라는 그 마음도 함께 들 수밖에 없다. 그리고 그렇게 안도하고 있는 내 모습에 또 한번 속상했겠지.

나도 우리 아이와 다른 아이들을 함께 모아 숲 체험을 진행할 때가 있다. 분명 그럴 때는 내 아이가 많은 것을 얻어 갔으면 하는 마음으로 진행한다. 하지만 다른 아이들을 더욱 신경 써야 하는 것도 사실이다. 수업 내내 괜히 다른 아이들과 차별되게 행동하는 건 아닐까, 편애하게 되는 건 아닐까, 나 스스로 잣대를 계속 들이밀게 돼서 오히려 우리 아이들에게는 소홀한 진행이 될 수밖에 없다. 해설자가 아니라 학부모로 참여하는 수업이었다면 분명 나의 아이만 바라보았을 것이다. 그러나 일하는 엄마는 다르게 행동할 수밖에 없다.

하지만 안다. 마음속으로는 다른 아이들 말에 더 귀 기울여주고, 그때 질문에 제대로 답 못 해주고, 칭얼거림을 다 받아주지 못해서 미안해한다는 것을. 수업이 끝나면 집에 가서 더 많이 안아주고 더 많이 귀 기울이고 들어줘야지 싶어진다. 그 선생님도 앞에서는 참 의연하게 아이들을 인솔했지만 집으로 돌아가서는 그 아이를 꼭 끌어안고 울었을 것이다. 내가 엄마가 아녔더라면 몰랐을 또 다른 감정이겠지.

오늘 초등학생 아이 한 명이 지네에 물렸다. 뱀이나 지네에 물렸을 때의 대처 방법이 사무실 한편에 붙어 있다. 숲이니 당연히 모기에 종종 물리고 간다지만 지네에 물렸다는 경우는 처음이다. 뭐가 툭 떨어졌는데 등이 간질간질해서 긁었더니 손가락을 콱 물었단다. 아이는 소리소리 지르며 난리가 났고, 엄마는 어쩔 줄 몰라하며 매표소로 찾아왔다. 꼭 이럴 때는 휴일이라 가까운 곳에 병원 문 연 곳이 없더라. 비눗물로 잘 중화시키고 소독을 해 준 후 얼음찜질을 할 수 있도록 도와줬다. 그제야 아이의 울음이 조금

잦아들었다.

이 사고를 대하는 사람들의 태도는 둘로 나뉘었다.

"이거 큰일 나는 거 아니야? 통통 부어오른 후 몇 주 동안 고생한다던데. 119 불러서 해독제라도 맞으러 가야지."

"며칠 부어있긴 하지만 아프진 않을 거야. 이 정도면 병원은 안 가봐도 돼."

다들 자신의 경험 안에서 조언을 해 주는데, 지네를 처음 대한 사람들은 전자의 반응을, 물렸던 적이 있는 사람들은 후자의 반응을 보였다.

나는 후자였다. 물론 구역질이 나거나 어지러워하며 알레르기 반응을 보이거나 두드러기가 올라오면 무조건 병원으로 달려가야한다. 하지만 그 외에 경우에는 대부분 크게 걱정할 필요 없다는 것을 경험으로 알기 때문이다.

나는 지네에 다섯 번쯤 물려 보았다. 숲해설가 일을 시작한 후물려 본 적은 없지만 어릴 적에는 지네를 잡기 위해 이곳저곳 돌아다닐 때도 있었다. 지네는 말려 한약재로 쓰인다. 그래서 학교 앞문구점 아주머니는 아이들에게 지네를 사들였다. 지네를 잡아 가면 크기에 따라 100원, 200원, 500원쯤 값을 쳐 바꿔주는 것이다. 내 친구 중에는 이 산 저 산 돌들을 뒤집고 다니며 하루 동안 2만원을 번 친구도 있었다. 옆 마을 학교 앞 문구점이 가격을 잘 처준다는 소문을 듣고 멀리까지 원정을 나가서 파는 이도 있었다. 바보같이 그때 당시에 지네를 잡으러 돌아다니다 머리와 꼬리 부분을 반대로 잡는 바람에 한 번 물렸다. 그 이후로도 초등학생 때 집 안에서 밤에 잠을 자다 두 번, 대학생 때 잠을 자다 한 번, 고산 수월봉에서 노을을 바라보기 위해 정자에 앉아있다 한 번 물렸다.

어릴 적 물렸을 때는 할머니가 오줌을 그 위로 싸게 해서 이상하다 여겼는데 커서 보니 산성 독을 해독시켜주는 올바른 치료법이었다. 대학생 때 자다 손등에 물렸을 때는 정말 큰 지네였다. 한쪽 손이 꼭 고무장갑에다가 풍선처럼 바람을 빵빵하게 불어넣은 것처럼 되었다. 마치 만화에 나오는 캐릭터처럼 동그란 손이 되어있어서 스스로도 너무 웃긴다며 연신 사진을 찍어 대기도 했던 게 기억난다. 마지막 수월봉에서 물렸을 때는 그리 아프지도 않았다. 처음 물렸을 때는 당황하고 아파하며 호들갑을 떨었는데 그러한 시간과 경험이 쌓이니 점점 의연하게 변하더라. 그 아이 또한 오늘의 경험으로 또 다른 상황이 닥쳤을 때 더 잘 대처하게 되겠지?

'척'하다 보면 놓칠 수 있는
아주 중요한 능력

"나뭇잎 사이로 하늘 한 번 보세요. 너무 멋지지 않아요? 숲이 반짝인다는 게 느껴지세요?"

어찌 된 일인지 숲을 보러 온 이보다 안내하는 이가 발까지 동동 구르며 더욱 들떠 있다. 마치 이곳에 처음 온 것처럼 두 손 꼭 모으고 감탄하며 숲에 들어가는 숲해설가를 보고, 손님들이 오히려 어리둥절했다고 한다. 당시 6개월 차 되던 초보 숲해설가 언니의 이야기다.

그해 여름은 유난히 후텁지근하고 길었다. 물론 여름 숲도 아름답지만 땀을 줄줄 흘리며 해설을 하다 맞이하는 선선한 바람과 높고 푸른 하늘은 숲의 매력을 한껏 높인다. 여름이 지나가고 있었다. 곶자왈에서의 가을을 처음 맞이하려는 언니는 어제와는 또 다른 장소를 거니는 느낌이라며 온종일 호들갑을 떨었다. 행복해하

는 그 모습을 보고 있자니 숲을 제대로 바라보고자 하는 이에게
필요한 오직 한 가지는 별거 아닌 것에도 놀라워할 줄 아는 능력이
아닐까 하는 생각이 들었다. 아는 척, 배운 척, 잘난 척하다 보면 잃
어버릴 수도 있는 아주 중요하고 특별한 능력 말이다.

　제주에 살고 있어도 우리는 그 사실을 종종 잊고 산다. 여름철
하늘 쨍한 날에 펼쳐지는 파란 해수욕장의 멋진 풍광을 내려다볼
때, 그리고 가을 억새가 펼쳐져 있는 오름과 들판을 발견할 때에야
비로소 제주에 살고 있음을 실감한다. 일상이 되어버리면 못 느끼
는 아름다움이 있다. 나에게 숲 또한 그런 것 같다. 매일 마주하고,

매일 똑같은 길을 걷다 보면 아름다운 숲 풍경에 감탄하는 일 또한 그 시간만큼 줄어든다.

내가 유일하게 숲에 들어가지 않았던 한 달이 있었다. 첫 아이를 임신하고 여덟 달쯤 되었을 때였다. 빈혈이 너무 심해져 머리가 핑그르르했고, 철분을 흡수하지 못하는 체질이라 매주 시내까지 주사를 맞으러 가야 했다. 해설하다 쓰러질 수도 있고 걷는 일을 하다 보니 조산의 위험도 있기에 가족들로부터 숲속 산책 금지령이 떨어졌다. 숲에 들어가지 말라 하니 비로소 숲이 그리워졌다.

물론 막달에는 나와도 된다고 하여 열심히 걸었고, 정말 낳는 날까지도 해설했다. 한 달을 매표 일만 하다가 다시 숲에 들어가기 시작했는데 그때 그 짧은 기간 동안 달라진 숲의 변화들을 발견하며 신기해했던 기억이 있다.

『라틴어수업』이라는 책 서문에서 저자는 "수업이 끝나면 학생들이 감사하다고 인사했지만 정말 고마운 사람은 오히려 본인이었다"고 말한다. 가르치며 배운다는 말처럼 나 또한 수업을 준비하고 진행할 때 가장 많은 것들을 배우게 된다. 더군다나 그 대상이 어릴수록 생각하지 못한 부분들을 알게 될 때가 많다.

언젠가 우리 동네 어린이집 꼬마들이 숲을 방문하였다. 올망졸망 몇 방울 안 되는 아이들의 반 이상이 익숙한 얼굴이다. 그 가운데는 일주일에 두 번쯤은 함께 만나 밥을 먹을 만큼 친한 언니의 딸도 있었다. 심지어 그 가족은 우리 숲에서 한 달 살기도 했었기에 숲 구석구석까지 알고 있다. 뻔한 장소를 방문하니 재미가 없지 않을까 걱정했는데 반대로 꼬마는 어린이집에서 숲을 방문한다는 공지가 떴을 때부터 무척 들떠 있었다고 한다. 친구들에게 이모를 소개해주고, 숲 구석구석도 안내해줄 거라면서 말이다.

여러 번 방문했던 아이들이라 "인디언 되어보기" 수업을 준비했다. 자연물이 들어간 나의 인디언 이름을 지어보고, 인디언의 자연을 대하는 태도에 대해서 배운다. 그런 후 인디언 복장과 모자를 쓰고 침묵의 사냥을 나가는 프로그램이다.

마침내 방문 날이 되었다. 신나게 달려오리라 생각했는데 정작 그 아이는 어쩐 일인지 나에게 한마디도 건네지 않는다. 잔뜩 긴장한 표정이었고 수업 내내 고개를 끄덕이며 이야기를 듣는 데 집중했다. 숲을 산책할 때는 새소리와 북소리가 어우러진 인디언 음악을 틀어줬는데, 아이들은 깔깔 웃고 즐기며 산책을 하던 때와는 달리 사자가 나오지는 않을까 걱정하듯 발걸음까지 조심하며 숲을 걸었다. 그 표정들이 사뭇 비장해서 오늘 활동이 재미가 없어서 그런가 걱정되기까지 했다.

하지만 그런 걱정이 무색할 만큼 아이는 어린이집 차에서 내리자마자 엄마에게 오늘 하루 동안의 활동을 재잘재잘 신나게 끊임없이 설명했단다. 마침 그날 언니 집에 방문할 일이 있었는데, 친근하게 안겨서 수다 떨던 아이는 안 쓰던 극존칭을 쓰며 나에게 말을 건넨다. 왜 갑자기 존댓말을 쓰냐 했더니 "이모가 인디언 선생님 같아서요."라며 배시시 웃는다.

사실 여러 번 방문한 아이들이기에 집중력을 높이기 위해 '인디언'이라는 주제를 던져주었다. 어른들이라면 시시하게 바라보았을 역할놀이 정도지만, 아이들은 천진난만하게 모험의 세계로 빨려들어갔다. 똑같은 숲이라도 가족과 함께 걷던 산책로 숲이 때로는 정글이 되기도 하고, 늪지대가 되기도 하고, 인디언들의 사냥터가 되기도 하는 것이다. 상상력을 덧붙여 바라보는 것만큼 흥미진진한 장소가 어디 있겠는가.

　나이대에 따라 나무를 바라보는 시선은 다르다. 나무에 관하여 질문하는 내용만 봐도 알 수 있다. 사십대가 넘은 어른들은 "이 나무 이름이 뭔가요? 먹을 수 있나요? 뭐에 좋아요?"를 묻는다.

　초등학교 저학년 아이들은 "이 나무는 몇 살이에요? 여자예요, 남자예요?"를 묻고 그 아이들이 고학년이 되고 청소년이 되면 "얼마예요? 언제 끝나요?"를 묻는다. 그런데 어린아이들은 "왜요? 왜 이렇게 생겼어요?"를 묻는다.

　왜요?

　어른이 되면 더 이상 잘 하지 않는 질문들이지만, 사실 "왜?"라는 질문을 통해야만 본질에 다가갈 수 있다는 것을 아이들은 잘 알고 있다. 그리고 "왜?"라는 질문이 나오기 위해서는 익숙한 것도 낯설게 볼 수 있는 눈이 필요하다.

숲에서 처음 어린이집 꼬마 손님들을 맞이했을 때가 떠오른다. 그들은 다듬어지지 않은 거친 땅을 걷기에 걸음이 서툴렀고, 나 또한 다섯 살 이들을 어떻게 대해야 할 줄 모르던 초보 안내자였다. 무슨 이야기를 해주어야 할지 잔뜩 긴장하고 있었는데 "바닥에 빨간 잎이 떨어져 있지요?" 식의 별거 아닌 이야기를 해도 "우와~" 하고 반응해 주고, "나무들은 우리의 이야기를 다 듣고 있답니다." 하면 눈을 동그랗게 뜨고 "진짜요?" 하고 되묻는 형태가 반복되니 나도 한껏 신이 났다.

초롱초롱한 눈을 반짝이며 모든 한마디 한마디에 반응하고 감탄하는 아이들의 태도를 보고 나 또한 마법의 숲에 들어온 듯 착각하게 되었던 하루였다. 아이들은 진짜 살아있는 나무들을 만나고 있었다. 심지어 마지막 식물심기 활동시간이었다. 한 꼬마 아이만 유난히 자갈이 알록달록하다. 무슨 일인가 해서 봤더니 자신의 가장 소중한 것을 내주고 싶었는지 가방에서 알록달록 초콜릿 과자를 꺼내어 화분에 깔아준 것이다. 너무 사랑스럽지 않은가? 딱 다섯 살 아이의 마음으로 살 수만 있다면 세상이 좀 더 아름답게 보이지 않을까?

오늘은 나 또한 숲을 낯설게 바라보기 위해 산책로를 반대 방향으로 걸어보았다. 매일 걷는 숲길의 풍경이 전혀 다른 방향으로 펼쳐진다. 정방향 산책길의 풍경은 사진만 봐도 어느 지점인지 알 수 있는데 역방향은 어느 곳을 찍었는지 갸웃거리게 된다. 아직도 이곳에서 배울 게 많고 늘 새로운 곳이구나 새삼 느끼는 하루다.

눈을 감아야 보이는 것들

커다란 카메라 장비들을 잔뜩 짊어진 두 외국인이 택시에서 내렸다. 휴대전화에서 검색한 삼광조 사진을 보여주며 이 새를 찍으러 왔단다. 아이코, 먼지를 폴폴 날리며 택시는 이미 떠나버렸는데 이를 어쩔까? 숙소는 시내란다. 택시비로도 제법 큰돈을 들여 이곳까지 왔을 텐데, 잘못 찾아오셨다고 말하며 내가 괜히 죄송해진다.

"제가 몇 년이나 이 숲을 매일 보았는데 이렇게 꼬리가 긴 새를 직접 본 적은 없어요. 그래도 팔색조는 종종 보이니 그 새라도 찍고 가세요."

그냥 돌려보내긴 미안해서 새들이 많이 날아오는 물가 자리를 안내해드렸다. 그 두 분은 진득하게 온종일 그 자리를 지켰다. 해가 뉘엿뉘엿 기울 때가 돼서야 숲에서 나오셨다. 그러고는 무슨 소

리냐며 삼광조가 잔뜩 찍힌 사진을 보여주셨다. 이게 어찌 된 일이지? 나는 한 번도 보지 못했던 그 새를 그분들은 하루 만에 만났다. 나는 진득하게 하늘을 보고 살지 않았나보다. 곶자왈 해설사 교육을 들을 때마다 있다고는 들었지만, 내 눈에 보이지 않았기에 우리 숲에는 날아오지 않는다고 여겼다. 눈앞에 찍힌 사진을 보고서야 새가 있음을 믿었다.

눈이 달려있어도 관심에 따라 전혀 못 보기도 하는구나. 문득 앞을 보지 못하는 이들이 숲에 찾아왔던 날이 떠올랐다. 딱히 이상하지 않아도 한눈에 알아보았다. 그들의 눈앞에 있는 공기는 무언가 두툼하고 무거웠다. 그들의 눈 초점이 내 눈까지 닿지 않는 것이다. '불쌍하다', ' 답답하겠다', '왜 위험하게 이런 곳에 왔을까?', '보이지도 않는데 무엇을 보러 왔을까?'

일행 네 명 중 셋은 앞이 보이지 않는 시각장애인이다. 앞이 보이는 아주머니는 남편과 시각장애인 친구 부부까지 데리고 이곳으로 여행을 왔다. 지팡이를 짚지도 않았고 검은 안경을 쓰지도 않았다. 평탄한 들판 혹은 산책로가 깨끗하게 정비되어 있는 숲도 많은데 왜 돌길이 험난한 숲을 찾아왔을까? 그녀의 대답은 간단했다.

"못 가볼 것 같으니까 왔지요."

한 명만 와도 해설해 준다는 이야기를 어디선가 듣고 왔단다. 우려했던 대로 안내하는 속도가 무척 더뎠다. 다섯 발 걸었다가 두 발 다시 돌아오고, 세 발 걸었다 한발 다시 돌아오고가 반복되었다. 하지만 처음의 걱정은 사라졌다. 그들과 함께 걸으며 어느 때보다도 특별한 숲을 느낄 수 있었기 때문이다.

숲을 찾는 이들은 보통 이런 질문을 한다.

"이 나무의 이름은 뭔가요?"

"먹을 수 있나요?"

그런데 그들은 달랐다.

"왼쪽에서 향긋한 냄새가 나는데 그 꽃도 돌을 뚫고 자랐나요?"

"잠깐만 멈춰서 나무를 쓰다듬어보아도 될까요?"

"고개를 들면 풍경이 어떤가요? 하늘이 보이지 않을 만큼 우거진 숲인가요?"

"나무의 키들이 큰 숲인가봐요. 새들이 저 높이 앉아 있네요."

그들에게 나무의 이름이나 흐드러지게 핀 꽃밭 풍경은 전혀 매력적인 요소가 되지 못했다. 바닥의 굴곡이 그대로 느껴지는 돌길을 처음 걸어본다는 그들은 마치 계단을 처음 내려가보는 아가처럼 한 발 한 발 조심히 내딛으며 산책을 했다. 그들처럼 나에게도 도전이 되는 해설이었다. 알게 모르게 "여기 보세요!", "이걸 보면~", "보이죠?"와 같은 말들이 해설의 많은 부분을 차지한다는 걸 그때 깨달았다. 아차 싶어 이 단어를 빼려니, 어떻게 설명해야 할지

감이 안 잡혔다. 그들의 손을 잡고 함께 더듬더듬 숲을 탐색해야만 했다. 잎 뒤에 난 노란빛 잔털을 느끼게 해주고, 잎을 접었을 때 푸 릇한 향을 맡게 해 주며 길 구석구석을 훑었다.

　20분이면 돌 수 있는 숲을 두 시간 가까이 걷는다는 것은 참 특 별한 경험이다. 신기하게도 그분들은 나의 목소리와 말투만으로도 내 나이를 정확하게 맞췄다. 중년의 시각장애인 남편은 앞이 보이 지 않기에 다른 사람들의 이야기에 많이 귀 기울일 수 있고, 자연 의 풍경도 온몸으로 느끼며 아름답게 상상할 수 있어서 자신은 너 무나 행복하다고 말했다. 맑은 사람들이었다. 가고 난 후에도 한참이나 마음의 울림이 남을 만큼 멋진 분들이었다.

앞을 볼 수 있는 두 눈을 가졌다는 사실만으로 그들을 불쌍하게 생각했다. 측은하게 여겼던 내 모습이 부끄러웠다. 그들이 나보다 더 민감하게 느끼고 제대로 바라보고 있었구나. 눈으로 보는 것만이 다가 아니고, 이름을 안다고 그 식물을 이해할 수 있는 것도 아니다. 나는 그저 눈으로 보고 지나치는 삶을 살진 않았을까? 그렇게 정작 소중한 것을 놓치고 살아가는 것은 내가 아니었을까?

여름의숲
이야기
Through

🍃 우리가 아는 그 꽃은 가짜 꽃, 수국

🍃 진초록으로 숲의 생기를 더해주는 콩짜개덩굴

🍃 무엇을 그리 지키고 싶었을꼬, 꾸지뽕나무

우리가 아는 그 꽃은
가짜 꽃, **수국**

늦은 봄부터 따사로운 여름까지 언제부터인가 제주의 가는 곳마다 이 화사한 꽃이 눈에 띄기 시작한다. 붉은색, 푸른색, 하늘색, 보라색 등 풍성하게 아름다움을 뽐낸다. 그런데 우리가 보는 풍성한 꽃 부분은 가짜 꽃, 즉 '위화'인 경우가 많다.

수국에는 헛꽃과 참꽃이 있다. 수정과 수분의 역할을 하는 진짜 꽃은 작게 숨겨져 있다. 그래서 나에게 수국은 벌과 나비의 눈에 띄기 위해 커다란 우산을 펼쳐 든 모습으로 기다리는 아가씨 같이 느껴진다. 그것도 변덕스러운 아가씨 말이다. 땅의 성질에 따라서 색깔도 금세 바뀌어버려서 알록달록 꽃밭을 만들려면 흙까지 함께 가져와서 덮어줘야만 한다. 그래서 꽃말도 '변하는 사랑'인가 보다.

탐라산수국은 헛꽃에도 수정 기관이 있어 종자 번식을 한다. 그러나 관상용으로 많이 키우는 일본 수국은 참꽃은 퇴화시키고 꽃받침만 무성하게 개량된 종류이다. 그래서 사람이 줄기를 꺾어 꺾꽂이해서 키우지 않으면 생명을 이어나갈 수 없게 되었다. 번식을 시키기 위해 아름답게 치장했던 꽃이 자기 삶의 의미를 모른 채 사람들 보기 좋아지라고 예쁘게 피어난다니 조금 서글퍼진다. 이를 알게 된 후부터는 수국을 볼 때 슬쩍 그 안까지 들춰보고 화려함에 가려져서 빛을 보지 못하는 참꽃에게 인사해주곤 한다. 아이들이 부르는 동요의 가사를 듣고 수국의 작은 꽃을 떠올렸다.

봄에 피어도 꽃이고 여름에 피어도 꽃이고
몰래 피어도 꽃이고 모두 다 꽃이야.
아무 데나 피어도 생긴 대로 피어도
이름 없이 피어도 모두 다 꽃이야.

- 동요 〈모두 다 꽃이야〉 중에서 -

진초록으로 숲의 생기를 더해주는
콩짜개덩굴

방문한 손님들께 환상숲 안에서 가장 기억에 남는 풍경을 물으면 숲을 빼곡히 덮고 있는 콩짜개덩굴을 첫 번째로 꼽는다. 마치 콩이 짜개진 것처럼 생긴 초록색 동글동글한 이 녀석은 겨울이나 가뭄에는 바싹 잎을 줄여 납작하고 쪼글쪼글하게 말라 있다가도, 비가 한번 쏟아지면 언제 그랬냐는 듯 콩나물 머리만큼 통통하게 올라온다. 그래서 유독 장마철에는 더욱 진초록으로 숲의 생기를 더해주기도 한다. 그래서 그런지 장마철 비 온 후 아침에는 뿌옇게 올라오는 물안개만 보아도 콩짜개덩굴의 토실토실 하고 귀여운 모습이 떠오른다.

몇 달 전 서울의 양재 꽃시장을 구경하던 중 콩짜개덩굴 앞에서 한 판에 16,000원이라는 문구를 보고 기분이 묘했던 적이 있다. 늘 자연에

펼쳐져 있는 모습의 생기 넘치는 콩짜개덩굴을 보다가, 모판에 식재되어 사람들 틈에 덩그러니 놓인 자연을 보자니 측은한 마음마저 들었다.

더군다나 값이 매겨지고 팔리니 더욱 안쓰럽게 느껴졌다. 꽃집에서 팔리는 장미나 다육식물을 보고는 그런 생각을 하지 못했는데, 늘 숲 안에서 자유를 만끽하던 녀석들을 보니 초원에서 풀을 뜯어 먹던 소를 축사에 가둬놓고 키우는 모습이 함께 떠올랐다. 제주도나 남쪽 따뜻한 해변 혹은 깊은 숲속 음지의 바위나 나무줄기에 붙어서 있어야 할 식물을 서울에서 마주 대한다. 자연이 있어야 할 자리를 벗어나는 일은 대부분 사람의 욕심에서 비롯되지 않았을까?

요즘 날씨가 심상치 않다. 갈수록 더워지고 있다는 게 몸으로도 느껴진다. 비가 쏟아져야 할 때는 감감무소식이고, 오지 말아야 할 곳에는 과하게 쏟아지기도 한다. 동쪽은 폭우주의보가 내린다는데 제주 서쪽인 이곳은 분명 장마철인데도 콩짜개덩굴이 쪼글쪼글하게 말라 있다. 자연이 있어야 할 곳을 잃어가며 지구가 몸살을 앓기 시작했다는 것을 깨끗한 제주, 손대지 않은 자연에서도 느낀다.

무엇을 그리 지키고 싶었을꼬,
꾸지뽕나무

　태풍에 쓰러진 나무들을 정리하다 꾸지뽕나무 가시에 콱 찔렸다. 억세기도 하다. 무엇을 그리 지키고 싶었을꼬.

　주변을 둘러보면 가시 돋친 사람들이 있다. 까칠하고 예민하다. 예전엔 그런 사람들이 독하고 못된 사람이라고만 여겨졌다. 그런데 나무들을 바라보다 보니 이제는 가시 돋친 사람을 만나면 어쩌면 약하고 여린 사람일 수도 있겠다고 생각을 하게 되었다.

　강한 나무들은 가시를 지니고 있지 않다. 맛있는 열매를 맺고 있거나, 예쁜 꽃이 피거나 작거나 여린 나무들이 보통 가시가 필요하다. 꾸지뽕나무도 아주 단단한 가시를 가진 나무이다. 우리 숲에 있는 어린 꾸지뽕나무를 살펴보니 잎이 나는 곳 바로 아래 가시가 돋아난다. 아

마도 봄에 새순이 올라올 때 애벌레들이 잎사귀를 뜯어 먹는 것을 막기 위해 아래를 향해 가시가 돋아난 듯하다. 똑같은 나무라도 어떤 나무들은 갈고리처럼 휘어 있다. 그런가 하면 좀 더 굵어지고 키가 자라면 가시가 묻히기도 한다. 거목이 되면 허리 언저리에만 가시가 잔뜩 있는 가지들이 돋아나 있기도 하다. 아마도 사람이나 큰 동물들로부터 열매를 지키려는 수단이리라.

사람도 마찬가지다. 어릴 때는 자신을 위해서 살아간다. 온몸에 날이 서 있을 수도 있다. 그러다가 어느 정도 자라면 가시를 내려놓기도 한다. 하지만 열매 맺을 때가 되면 엄마 마음처럼 아이들을 위해서 다시 방어하기 시작한다. 그랬다가 연륜이 쌓이게 되면 모든 것을 내려놓기도 한다.

이런 이야기를 나누다 보면 눈시울을 자아내는 분들이 계시다. 분명 그 마음 안에 지킬 것들이 있었고 그래서 독해지기도 하고 거칠어지기도 했던 자신의 모습을 보았기 때문일 것이다. 그분들께 위로를 건넨다.

"가시 돋친 모습도 아름답습니다. 열심히 살아왔다는 뜻입니다."

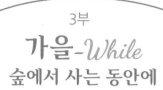

3부

가을-*While*
숲에서 사는 동안에

뇌경색 아버지를 살린 숲

'이디가 지들 것(땔감)이나 허던 땅인디. 형님, 생각을 해봅써. 누게가 돈 주멍 들어가젠 허쿠가?'

못 쓰는 버려진 땅이 있다. 농사도 짓지 못하던 돌무더기 땅이다. 오랜 시간 사람이 드나들지 않아 가시덤불로 가득 차 있다. 들어갈라 치면 낫을 휘둘러야만 한다. 얼마나 홀대받던 땅이기에 '아들, 아들' 하던 그 시대에 땔감이나 하라고 시집가는 딸에게 물려줬겠는가. 우리의 외증조할머니는 땔감도 귀찮았단다. 그래서 헐값에 그 땅을 '육지 것'들에게 팔아버렸다.

가난했던 나의 아버지는 평생의 꿈이 자신의 땅을 소유하는 것이었단다. 남들은 사지도 않는 땅을 서른네 살에 빚을 내서 평당 만 원에 샀다. 당시 물가로는 터무니없이 비싼 가격이었다. 길가에

붙은 좋은 땅이 평당 2만 원인데 길도 없는 그 땅을 산다고 다들 미친놈 취급을 했다. 엄마도 마찬가지였을 것이다. 당신의 할머니가 평당 삼백 원에 판 땅을 남편이 빚을 내어 평당 만 원에 주고 사왔다고 생각을 해보라. 월급으로 빚의 이자만 물어갔고, 원금은 갚지도 못한 채 시간만 흘렀다.

강산이 변하는 시간 동안 가난했던 그 남자는 은행의 실무책임자가 되었다. 더는 가난한 남자라고 핍박받지 않는다. 그러나 대신 수많은 업무 스트레스로 왼쪽 뇌가 막혀 몸의 오른쪽을 못 쓰게 되었다. 결재 서류에 자신의 이름을 쓸 수 없게 되자 25년 동안 다니던 직장을 그만둘 수밖에 없었다. 칫솔질도 혼자 못 하는 자

신의 몸을 보며 좌절했다. 친구들도 다 자신을 비웃는 것만 같다고
했다. 고춧가루를 보고 왜 소금이 빨갛냐고 고집을 부렸다. 뇌졸중
은 참 무서운 병이었다.

남자는 사람들을 만나는 것 자체가 싫어졌다. 모두 다 자기를
기만하는 한통속 세상인 것이다. 재활 치료를 할 때 다섯 개의 주
판알도 넘기지 못하는 자신의 오른손을 보고 분했단다.

매일 성실하고 착실하게 살아왔는데, 그 결과물은 마음대로 움
직일 수 없는 몸뚱어리와 병원비로 날려버린 퇴직금, 그리고 빚만
남아 있는 상태에서 아이들은 아직 대학생이다. 그토록 긍정적이
던 그 남자의 얼굴에도 짙은 어둠이 드리웠다. 당당하던 가장이 한

없이 약해지기 시작했다.

처음에는 마냥 집 안에서 시간을 허비했다. 그러다 돌챙이(석수)였던 본인의 아버지를 떠올렸다. 집 앞에서 성치 않은 몸으로 하나둘 돌을 쌓기 시작했다. 그렇게 더딘 몸짓으로 매일 조금씩 돌을 다듬고 옮기다 보니 어느새 돌탑이 하나 만들어졌다. 그러고 나니 천천히 시간을 들이면 뭐든 할 수 있겠다는 자신감이 생기기 시작했다.

남자는 그제야 숲으로 들어갈 용기가 생겼다. 언젠가 퇴직하면 멋진 관광농원을 만들겠다는 생각으로 빚을 내어 돌땅을 샀던 젊은 시절 자신을 떠올릴 수 있었다. 성치 않은 몸으로 오래 걸리면 어떠랴. 가시덤불이 무성하고 정돈되지 않은 그 숲에 당신 걸을 산책로라도 내고 싶었다. 오른손, 오른발이 성하지 않아 숲에서 넘어지기를 반복했다. 온몸은 상처투성이가 되어갔다. 감각이 무뎌서 돌에 찧고, 쓸리고, 베여도 아픔을 모른 채 무작정 길을 냈다. 피딱지가 내려앉고 뜯어지고 아물기를 반복했다. 그런데 그 서툰 몸짓에도 숲의 길은 나기 시작했다.

목표가 생기면 시간은 빠르게 흐른다. 두 발자국쯤 길을 내면 저기 보이는 저 나무까지는 길을 낼 수 있을 것만 같게 느껴졌단다. 또 그 나무까지 길을 내고 나면 저기 저 돌까지 길을 낼 수 있을 것 같았단다. 그렇게 '조금만 더, 조금만 더' 하며 작은 희망을 품고 스스로를 다독이며 한 걸음씩 나아갈 수 있었다.

고요한 적막 속에서 들려오는 새소리가 좋았고, 지쳐서 쓰러져 있을 때 불어오는 바람 한 점이 위안이 되어주었다. '내가 지금 뭐 하고 있지' 싶어 발라당 누우면 숲 틈으로 보이는 하늘에 다시 일어섰고, 홀로 다쳐서 낑낑대며 상처를 묶고 있을 때 돌 틈 사이 숨골에서 불어오는 시원한 바람에 정신을 차렸다. 그렇게 반복되는 시간들을 3년여쯤 보내고 나자 제법 몸을 움직일 수 있게 되었다. 뇌경색으로 둔했던 발도 당신의 힘으로 움직일 수 있었다. 그제야 사람들을 만날 용기가 났다.

6년쯤 지나자 이전의 남자로 돌아왔다. 이제는 무엇이든 할 수 있을 것만 같다. 동네의 아이들을 데려다 자신이 보아왔던 식물들의 이야기를 들려준다. 농촌교육농장 교사양성과정 교육을 들으러 다녔다. 학교 아이들이 숲에 찾아왔다. 소문을 듣고 다른 이들도 숲에 찾아온다. 농사를 지어야 하는데 방문하는 손님들이 늘어난다. 한 명이라도 방문하면 자신의 이야기를 들려주고 싶어 숲을 함께 산책했다. 퇴근하고 돌아온 아내에게 농사를 짓지 않고 무엇 하였냐고 꾸중을 듣기도 했다. 숲을 산책하려는 이들을 막을 요량이 필요했다. 이제껏 들였던 사람들을 갑자기 못 오게 할 수는 없고, 입장료를 받겠다고 적어 놓았다. 설마 누가 돈 내고 숲에 들어온다고 할까?

그런데 사람들은 돈을 내고 들어오겠단다. 십칠만 원을 가지고 사는 집 창문에 구멍을 뚫어 유리를 덧대고 요금표와 연락처를 인

쇄해서 붙였다. 동네 삼촌에게 부탁해 나무 간판을 만들어 걸고 매표소를 만들었다. 창문을 열면 매표소, 창문을 닫으면 잠자는 안방이 되었다. 방문하는 모든 이들에게 숲 해설을 해준다는 신조를 걸고, 집 앞 배추밭에 흙을 깔아 주차장을 만들고는 숲의 문을 열었다. 그게 우리 숲의 처음이다.

'오른쪽을 전혀 쓸 수 없던 아버지'는 감사하게도 과거형이다. 내가 서울에서 제주도 숲으로 돌아온 가장 큰 이유는 아버지 때문이다. 지금은 아버지 덕분이라 하지만 그 당시에는 '때문'이라는 표현이 적절했다.

지금 나의 직장이 된 '환상숲곶자왈공원'은 그때 당시 아버지께서 사람이 만나기 싫어 들어간 도피처였다. 당신 걸을 길이나 내야지 싶어 버려졌던 가시덤불 숲을 불편한 손으로만 한 걸음 한 걸음 길을 내기 시작한 것이 지금의 산책로가 되었다. 그런데 놀랍게도 그 과정에서 손의 감각이 돌아오고, 어눌했던 입도 풀리더니만 몸이 회복되기 시작한 것이다. 그래서 곶자왈이 나에게는 아버지를 살려준 고마운 숲이기도 하다.

숲의 좋은 공기와 나무들의 피톤치드 성분은 아버지에게 좋은 회복제가 되었다. 길을 내는 과정에서 땀을 흘리는 생활과 돌을 나르는 행동이 작업치료도 되었을 것이다. 하지만 무엇보다도 아버지를 버티게 해 준 것은 나무들의 생명력이 아니었을까. 흙이 없는

이 척박한 돌땅에서도 나무들은 살아가고 있었다. 당신께서는 돌을 뚫고도 살아가고, 잘리고 또 잘려도 일어나는 그 억척스러운 생명력을 보며 나 또한 살아야겠다고 생각했단다.

"죽을 수도 있었던 아버지를 버티게 해 준 고마운 숲입니다. 자유롭게 산책하실 때 아버지를 감탄케 했던 억척스러운 나무들의 생명력을 선생님들께서도 느끼며, 아픈 마음을 위로받고, 새롭게 살아갈 힘을 얻어가는 시간 되세요."

어르신들이 많이 섞여 있던 팀이어서 그런지 어제 해설의 마무리는 아버지의 말로 끝을 맺게 되었다. 숲 안내를 마치고 손님들께 인사를 하는데 걸음이 더디면서도 맨 앞에서 열심히 듣던 나이 지

굿하신 할아버지께서 눈물을 글썽이며 다가오셨다. 주머니에서 꼬깃꼬깃 접힌 만 원을 꺼내 내 손에 쥐여주며 말씀하셨다.

"그런 사연이 있는 숲이라니, 참 감동적이었네. 이 돈으로 자네 아버지 산소에 소주 한잔이라도 사서 올려주게."

이야기를 잘못 이해하신 것 같다며 손사래를 칠까 하다 뒤에 가족처럼 보이는 일행들의 찡긋 눈짓을 읽고는 '아이고 어르신 감사합니다.' 하고 꾸벅 인사하며 그 돈을 받아 들었다.

우리 아버지는 너무나 건강하게 바로 저기 보이는 데서 일하고 계시다. 나 또한 완쾌되어 건강해지셨다고 분명히 전달했는데, 그 어르신은 나의 이야기를 헷갈릴 만큼 나이가 들어 계셨다. 아마 그 어르신은 나의 이야기 속에서 당신의 아버지를 생각했으리라. 함께 온 가족들은 그런 약해진 아버지를 바라보며 따뜻한 미소를 지어주었다. 내가 오히려 뭉클해지는 순간이다.

숲에서 아이들을 만나다

숲으로 돌아온 지 2년 9개월이 되던 무렵, 나에게도 슬럼프가 왔다. 소로우는 2년 2개월의 생활로 『월든』을 토해냈는데 난 깨달음을 얻으려면 22년쯤은 살아봐야 할 것 같다. 그나마 10분의 1 정도의 배움이 있었다면 그건 바로 아이들을 통해서가 아닐까.

같은 장소에서 같은 이야기를 반복하는 것은 어느 순간부터 끔찍한 일이 되었다. 계절이 바뀌는 변화를 바라보고, 모든 것이 신기했던 처음 1년의 생활은 즐거웠다. 하지만 오랫동안 한 곳에서 같은 일을 반복한다는 것은 때로는 사람을 지치게 한다. 함께 새로운 일을 벌이며 의견을 나누는 동료가 있다면 좀 덜했을 텐데, 그럴 동료도 없어 무척 외로웠다.

돌파구를 찾아야 했다. 번거로운 일이 될 수도 있지만 내가 살아야 했다. 새로운 일을 하고 싶다는 욕구가 강하게 밀려올 때,

　'나는 도대체 어떠한 일을 하고 싶었나' 돌아보았다. 나의 입으로 이야기를 전하는 것보다 오신 분들이 만들어나가는 숲의 이야기를 듣고 싶었다. 기계처럼 어느 지점에 서면 어떠한 해설을 건네는 일상을 살고 싶지 않았다. 내가 하는 일이 가치가 있음을 확인받고 싶었다.

　처음에는 곶자왈과 숲의 이야기를 들려주다 보면 훼손되는 곶자왈이 지켜질 거라고 생각했다. 하지만 숲을 방문하는 이들은 대부분이 타지인이다. 오히려 곶자왈 숲이 외부에 알려지고 잘 운영

된다는 소식만으로 곶자왈과 관련한 카페, 식당, 골프장, 리조트 등 관광자원화의 대상으로 개발을 가속화시키는 것 같았다. '(사)곶자왈사람들'이나 '환경운동연합'과 같은 단체처럼 숲을 지키기 위해 훼손 실태를 알아보고 식생 조사를 다니고 하는 것도 아니다. 자신의 시간과 자비를 들여서 이러한 일에 적극적으로 참여하는 분들 앞에 서면 나의 일이 참 부끄럽게 느껴질 때가 많았다. 좋은 일을 하고 있다고 자위하지만 나 또한 숲을 통해 경제적 이득을 취하고 있으니 말이다.

그렇다면 내 자리에서 할 수 있는 가치 있는 일은 무엇일까 고민해보았다. 그러자 다음 세대가 떠올랐다. 어른들의 생각은 쉽게 바뀌지 않는다. 듣고 마음의 감동을 얻는 것과는 별개로 행동의 변화까지 이끌어내는 것에는 한계가 있다. 하지만 아이들은 다르다. 그래서 인근 학교 선생님들을 찾아다니기 시작했다. 내가 했던 일이 그거 아니었는가? 농촌교육농장!

나는 이만큼 준비되어 있다고 학년별 계절별 프로그램을 두툼하게 짰다. 정성을 들인 교육활동계획안이면 되지 않을까 싶었다. 그런데 반응이 없었다. 학교의 문은 그리 쉽게 열리지 않았다. 기존처럼 한 번씩 오는 단순 체험학습은 쉽지만, 한 장소를 여러 번 오기에는 부담스러웠을 것이다. 소용없었다는 생각이 들었고, 이론과 실제가 다름을 뼈아프게 느꼈다. 연구원 시절 "농장의 하드웨어는 중요하지 않고, 그 안에 프로그램만 잘 구축되어 있으면 사람들은 분명히 오게 된다"고 그렇게 강조를 했는데 정작 내가 잡상인 취급받는 현실을 마주하게 된 것이다.

그렇게 1년은 허무했다. 그런데 다행히 헛된 노력이 아니었다. 다음 해 겨울 인근 보성초등학교 교장 선생님과 열정을 가지고 프로그램을 짜시는 몇 분의 교사 선생님들이 재미있는 일을 벌여보자고 제안을 해왔다. 엉겁결에 창의 인성교육 교사 연수도 함께 참여하게 되고, 그렇게 매주 금요일에 두 시간씩, 학년 군별로 9회, 총 27회차 프로그램이 시작되었다.

누군가 시켜서 한다면 그 시간이 고역이었을 것이다. 감사했다. 내가 만든 프로그램을 매주 실제로 시연해보고 그 반응을 볼 수 있다는 것은 즐거움이 되었다. 아이들의 다양한 결과물들과 반응으로 나의 숲 이야기가 풍성해졌다. 분명 숲 해설을 반복하는 일상이 변하지는 않았다. 하지만 그다음 주 금요일을 정신없이 준비하다 보면 무료한 일상을 잊게 되었다.

아이들과 함께했던 활동 중 하나를 소개하자면 이렇다. 〈곶자왈을 부탁해〉라는 프로그램인데, '버려졌던 돌땅이 아름다운 숲이 되었듯 우리도 쓸모없는 돌을 멋진 작품으로 만들어보자'는 것이 교육의 주안점이었다. 여러 가지를 구상하고 역할분담을 한 후 구상도를 그린다. 실제로 쓸모없는 작은 돌들을 이어서 그 모양 그대로 뼈대를 완성한다. 그런데 그 과정에서 마르는 데 일주일의 시간이 걸린다. 교육시간 내에 완성시키지 못한다는 뜻이다. 그래서 곶

자왈을 부탁하는 편지를 남긴다. 그러면 다음 주에 오는 아이들이 구상도를 보고, 편지를 읽고 그 모습 그대로 식물을 올려 석부작 작품을 완성하는 것이다.

그런데 내가 편지를 쓰는 대상을 정해주지 않았다. 그러자 어떤 아이들은 다음 주에 오는 언니 오빠들에게 잘 만들어 달라고 신신 당부를 했고, 어떤 아이들은 동생에게 곶자왈을 설명하는 편지를 남겼고, 또 어떤 아이들은 골프장을 만드는 아저씨에게 편지를 남 겼다. 다음은 편지 중 일부이다.

"안녕 난 300년 전 너의 증증증신조 왕 할머니란다. 곶자왈은 세계 자연적 가치가 높은 곳인데 이곳을 하루아침에 없애버리려는 나쁜 사람들을 네가 잘 막아줄 수 있겠니? 왜냐하면, 되돌리려면 수천만 년이 걸리니까."

작품이 완성되자 3~6학년 아이들의 공동작품이 되어있었다. 이것을 도대체 누구에게 줘야 할지 고민에 빠졌다. 그때 6학년 아이들이 자신들에게 달란다. 그러고는 그 작품들을 학교에 가지고 가서 선생님들께 팔았단다. 교장 선생님께 18,000원, 체육 선생님께 15,000원 이런 식이다. 그리고 그 돈을 모아 '(사)곶자왈사람들'에 기부해달라고 전달해왔다. 마음이 쩡해졌다. 이 아이들을 내가 어떻게 잊을 수 있겠는가.

그다음 해에 다른 아이들이 석부작 작품을 만들었던 것도 생각난다. 작품명으로 '독도 모양의 숲' , '정글 하우스' , '연인이 사는 숲' 등이 붙여졌다. 그중 '작품명: 정체불명의 숲'이 유독 기억에 남는다. 화려하게 꾸미지도 않았고, 정성을 다하지도 않았지만 왜 그 숲이 아름다운지에 대한 이유가 남달랐기 때문이다.

두 아이가 생각한 아름다운 숲은 '사람이 잘 오지 않는 곳'이라는 단서가 붙어있다. 그 아이들은 멋진 풍경을 향유하려는 사람들의 욕심 때문에 숲이 망가진다고 생각했다. 그래서 아름다운 숲의 기준을 알록달록한 색상이나 얼마나 다양한 식물이 있는지가 아닌 '사람의 부재'로 잡은 것이다.

자연을 사랑하는 사람들이 방문하는 건데도 한라산 곳곳에 파여 있는 산책로들을 보면 많은 사람이 방문한다고 좋은 숲, 좋은 산은 아니란 생각이 들게 된다.

나는 사람 손이 닿지 않았던 환상숲의 처음 모습을 기억한다. 그렇기에 사람들에게 제법 알려진 지금의 모습을 보면 한편으로는 마음이 아플 때도 있다. 무분별한 등산과 불법 채취, 쓰레기 투기, 리조트 건설 등 직접적인 자연 훼손을 하지 않았더라도 우리는 알게 모르게 많은 자연을 사라지게 만들고 있다. 지구 온난화가 북극곰만 위협하지 않는다. 우리나라에서만 자생한다는 구상나무가 한라산에서 사라지고 있고, 한라산 꼭대기의 세상에서 가장 작은 나무로 불리는 암매화가 설 곳을 잃어가고 있다.

아이들의 마지막 수업 주제는 '사라져가는 것들의 아름다움'이었다. 곶자왈이 사라진다면 어떠한 일이 발생할지 아나운서가 되어서 뉴스 멘트를 적어보도록 했다.

"사람들의 편의를 위해 사람들의 미래를 없애버리는 것은 옳지 않은 행동입니다."

"곶자왈이 사라지며 공기가 탁해지고, 깨끗한 물이 사라지며 5만 명의 사망자가 발생했습니다. 우리가 좀 더 환경을 생각했다면 이런 사태는 벌어지지 않았을 겁니다."

"복합빌딩은 다시 세울 수 있지만, 멸종 위기 식물은 되살릴 수

없습니다. 현재 환상숲에서는 환경단체가 시위하고 있습니다. 저도
시위에 참여하러 가겠습니다. 여러분의 작은 관심이 커다란 영향
을 미칩니다. 이상 마지막 자왈뉴스였습니다."

아이들은 구구절절 자기 생각들을 풀어낸다. 우리보다 더 앞선
생각을 하는 아이들을 보며 제주도의 아름다움을 이들이 지켜내
겠구나 싶은 든든함을 느꼈다.

숲에서 인연을 만나다

숲에서 참 멋진 중년의 손님을 만났다. 그 손님은 일 때문에 제주에 왔다가 아내의 권유로 홀로 숲을 방문하셨단다. 숲에 들어가기도 전에 아내 보내줘야 한다며 함께 인증사진을 찍으셨다. 당신의 아내께서 〈제주 숲 그 아가씨〉로 우리 가족의 숲 이야기를 다루었던 다큐멘터리를 시청하고 큰 감명을 받았다고 한다. 계절이 바뀐 후, 가족여행으로 환상숲을 다시 찾아주셨지만 안타깝게도 나는 외부에서 아이들 수업을 하고 있어서 재회하지 못했다. 대신 장문의 이메일을 받았다.

'앞으로도 많은 사람으로 하여금 자연과 함께 공존할 수 있는 길만이 미래가 담보될 수 있다는 것에 대해 바른 이해를 할 수 있도록, 사명감을 가지고 큰 역할을 하여주시기 바랍니다.'

그때 받은 메일의 내용 중 일부이다.

숲 입구에 놓여있는 명함에는 내 휴대전화 번호가 적혀있다. 그런데도 전화나 문자는 결례가 될 것 같았다며 메일로 한 자 한 자고심하며 감사와 희망의 말을 담아주신 정중한 손님이셨다.

그로부터 10년이 지난 지금도 그분은 숲과 관련된 책을 찾아 읽은 후 밑줄과 메모를 남기셔서 나에게 선물해주고 계시다. 여전히나의 왕팬이자 우리 숲의 단골손님이다. 그리고 그 손님은 8년 차나의 시아버지시다. 당신의 아들과 며느리의 일을 이해해보고 싶다며 숲해설가 자격증과 역사와 관련한 자격증을 따시더니 지금은주말마다 창덕궁에서 궁궐 해설 봉사를 하시는 멋진 분이시다.

　그 처음을 떠올리니 내 인생에서 빠뜨릴 수 없는 또 다른 숲 손님, 남편과의 만남이 특별하게 느껴진다. 시아버님께서 아들이 좋은 영향을 받았으면 좋겠다며, 혹시 우리 아들과 친구로라도 지내볼 생각 없냐며 넌지시 메일을 보내왔고, 그 아들은 아버지께서 자꾸 귀찮게 해드려 죄송하다며 사과 연락이 왔다. 그 정중함이 좋았다. 마침 동갑이라 몇 번 연락을 주고받다 만나게 되었고 한 달에 한 번, 한 달에 두 번 그렇게 비행기를 타고 날아와 숲을 꾸준히 방문하던 이 친구는 공기업을 그만두고 제주로 이사를 왔다. 숲에서 만난 인연이기에 숲에서 결혼식을 올렸고 지금은 이곳에서 함께 살고 있다.

물론 어떨 때는 말 그대로 '남의 편'인 듯해 얄미울 때도 있지만, 지금은 함께 아이들을 키우며 육아 전투에 참전하는 전우이자, 투정과 짜증을 내비칠 수 있는 유일한 친구이자, 나의 허술한 성격을 잘 뒷받침하며 꼼꼼하게 챙겨주는 내 사람이다.

문득 그때가 생각나 사진첩을 열어봤다. 결혼식 때도 청첩장을 두꺼운 A4용지에 출력해서 하나하나 오리고 접어서 만들었다. 그 안의 내용이 구구절절하다.

"돈으로 모든 것이 가능해진 세상입니다. 화려하고, 간단하고, 편리합니다. 저희는 어려운 길을 택했습니다. 남들은 결혼식 준비를 위해 피부마사지를 받지만, 저희는 꽃을 심고 돌을 나르고 바느질을 했습니다. 조금은 어색하고 서툴고 불완전할 테지만 만들어나가는 과정에서부터 끝날 때까지를 모두 함께한다는 것이 더욱 의미 있지 않을까요?"

〈그 남자 이야기〉

"제주에 살암시믄 살아진다."

28년 육지 생활을 과감히 정리하고 저는 지금 제주에 살고 있습니다. 바라보는 제주와 살아가는 제주, 그 다름을 몸으로 배우는 중입니다. 살아감은 서울과 매한가지지만 편리함보다는 마음의 편안함을, 채움보다는 비움을 택하는 삶. 어떤 이는 저보고 미쳤다고 하지만 남들과는 다른 삶을 산다는 것, 직장 없이 내려왔음에도 사람 노수방 자체를 인정해 준 아버지와 어머니를 만난다는 것, 무엇보다도 이지영이라는 아름다운 사람을 만난 것은 저에게 축복이자 행복입니다.

15년 4월 14일, 생활력 강하다는 제주 아가씨와 결혼합니다. 숲을 통해 서로를 알고, 숲에서 미래를 약속하고자 합니다. 숲이 만들어준 인연을 감사하게 여기고 소중히 생각하며 세상의 모든 생명과 공존하는 따뜻하고 겸손한 삶을 살겠습니다.

⟨그 여자 이야기⟩

"저는 참 복이 많은 사람입니다."

남들이 부러워하는 직장을 뒤로하고 아무 연고도 없는 제주를 선택해 살아가고자 하는 삶의 방식이 닮은 사람을 연인으로 만난다는 것, 외아들을 타지에 보내면서도 오히려 기쁜 마음으로 축복해주시는 멋진 아버지, 어머니를 얻게 된 것. 작은 것에서부터 큰일까지 저는 감사한 것투성이입니다.

어머님의 TV 시청과 아버님의 숲 방문, 저희의 시작은 한 편의 드라마입니다. 며느리 삼고 싶다는 으레 하는 인사가 '축복'이라는 단어를 만났고, 그렇게 저희 둘은 서로의 반쪽이 예비되어 있음을 느꼈습니다. 처음부터 말도 안 되는 만남과 누가 봐도 지속하기 어려운 인연입니다. 서울과 부산, 경주, 제주를 오가며 쉬기에도 짧은

그 귀중한 주말 시간에 오고 가는 길에서만 여덟 시간을 쏟으며 인연을 노력으로 이어왔습니다. 이제 그 노력을 결실로 피우려고 합니다. 늘 감사하는 마음으로 더욱 사랑하며 서로 배려하고 기도하며 살겠습니다.

　너무 가깝고 익숙해졌기에 더욱 함부로 했던 내 모습을 반성해본다. 늘 감사하는 마음으로 서로 배려하고 사랑해야겠다. 숲처럼.

코로나가 바꿔놓은 숲의 일상

누가 그렇게 오랫동안 코로나의 여파가 지속될지 가늠했겠는가. 처음에는 딴 나라 이야기 같았다. 부모님의 환갑을 맞이하여 베트남 가족여행을 계획했는데 베트남에서 코로나 확진자가 몇 명 나오기 시작했다고 하니 겁이 나서 엄청난 수수료를 내고 여행을 취소했다. 지금 생각하면 참 바보 같은 결정이었다. 한 나라에서 겨우 한두 명이 나왔다고 취소를 하다니. 그 후로 몇 년 동안 꽁꽁 나라마다 빗장이 잠긴다는 걸 알았더라면, 하루에도 수만 명씩 확진자가 나올 걸 알았더라면 분명 취소하지 않았을 것이다.

전 세계가 멈췄다. 학교와 어린이집이 휴원한다고 하니 그제서야 큰일임이 몸으로 다가왔다. 어린 아이들을 두고 늘 일을 해왔던 엄마로서 아가들에게 미안함을 지니고 있었는데, 잘되었다 싶었다.

사실 어린 두 아이를 돌보는 일이 출근하는 일보다 더 힘든 시

기였다. 둘은 쉬지 않고 싸우고 칭얼댔고 나는 늘 시간에 쫓기며 옷을 입히고 밥을 먹이고 어린이집에 보내고 부랴부랴 퇴근해서 아이를 받았다. 그렇게 저녁을 준비하고 어지럽혀진 집을 정리하면 벌써 잠을 재워야 하는 시간이 돌아왔다. 그런데 출근도 하지 않고 어린이집에 보낼 필요도 없는 일정은 서두를 게 하나도 없는 시간을 선물해줬다.

부스스하게 일어나서 아침인지 점심인지 모를 밥을 함께 먹고, 아이들과 한가하게 시간을 보내도 되었다. 집 안에 머물기를 정부에서 권장할 때에 다른 이들은 답답함을 호소하는데, 우리는 마당이 드넓은 숲이라 얼마나 감사했는지 모른다. 아이들과 모래장난

을 하고 잔디밭에서 비눗방울을 날리며 평화로운 시간을 보냈다.

그런데 그 평화로운 일상도 수 주 이상 길어지니 걱정이 되기 시작했다. 수입은 없는데 월급은 지급해야 할 때가 돌아온다. 해설사님들이 한 달씩 돌아가며 쉬기로 했고, 족욕 카페는 일시적으로 문을 닫았다. 코로나 관련 고용유지지원금이나 관광진흥기금 특별 융자가 없었더라면 우리도 폐업 신고를 했을지도 모른다.

그래도 그렇게 한 차례 위기를 넘기고 나니 마스크를 하고 실외 관광지를 찾는 손님들이 생기기 시작했다. 야외관광지라서 참 다행이었다. 해외여행을 못 가는 대신에 제주살이가 늘어났다. 재택근무와 온라인 수업이 늘어나며 한달살이도 많이 생겼다. 텅 비었던 숙소가 한달살이로 채워졌다. 갑자기 세상의 많은 것들이 바뀌기 시작했다. 배달 앱이 활성화되고 함께 영화관에서 영화를 보기보다는 집에서 홀로 넷플릭스를 보기 시작했다. 어딜 가나 열 체크와 방명록을 남기는 것이 필수가 되었다.

아이가 다니는 곳은 작은 학교라 아직 코로나의 영향이 미치지 않았기에 타지에서 많은 이들이 방문하는 관광지에서 일하는 우리 부부는 더욱 조심해야 했다. 퇴근하면 쓰던 마스크를 버리고 옷을 빨고 소독하고 씻은 후에야 아이들을 안았다. 집 구석구석 택배 하나하나도 알코올로 닦았다. 그래도 걱정은 덜했다. 나만 멈춰 있는 삶이 아니라 모두가 멈춰 있는 삶은 오히려 위안이 되었다. 한 타임 쉬어 갈 수 있는 기회가 되었다.

그런데 5인 이상 집합금지가 내려지고부터는 해설을 하는 것도 어려워졌다. 소책자를 만들어서 방문하신 분들에게 드리고 따로 10분씩 숲 안내를 하고 보내고를 반복했다. 몸은 더 고되게 일해야 했는데, 숲이 전해주는 감동은 덜할 수밖에 없었다.

지금 이 시국에 여행을 다니는 것 자체가 정신 나간 생각 아니냐는 시선에 숲 또한 썰렁해졌다. 단체 관광객들과 수학여행, 봄가을 소풍 오던 아이들의 발걸음이 끊겼다. 체험장도 먼지가 소복이 쌓이기 시작했다. 관광객이 줄어들자 많은 해설사가 필요 없게 되었다. 그렇지만 해설사님들을 해고할 수도 없었다. 그래서 나와 남편은 이것저것 서류 작업들을 찾기 시작했다. 각종 지원사업과 인증제도들을 알아보기 시작했다. 관광공사에서 하는 '유니

크베뉴'나 '웰니스관광지 인증'을 알게 되었고 지금까지 해온 일을 정리하기 시작했다. 쓰이지 않는 체험장을 소규모 학회나 회사 단체에게 대관해주는 일에서부터 고사리를 꺾으러 다니고 감귤칩을 만들고 다육식물을 분양받아 번식시키는 등 크고 작은 일들을 하며 끊임없이 움직였다. 그렇게 한 해가 지났다.

"지난겨울 심어놓은 유채꽃이 흐드러지게 피었건만 보러 오는 사람들이 없네."

숲 해설을 하는 엄마의 넋두리에 마음이 아팠던 계절이 지나갔다. 코로나바이러스로 전 세계 사람들이 침묵의 시간을 하루하루 건뎌냈다. 여름쯤 되면 괜찮아질까 했는데 이렇게 예쁜 가을이 되기까지도 바이러스는 잡히지 않는다. 여행객이 안 와도 걱정되고 와도 걱정되었다. 사람들은 경직되었고 서로를 적대시하는 분위기가 되었다.

마스크 한 장만으로도 사람들의 인상이 많이 달라졌다. 덩달아 손님들을 대할 때 눈으로 말하는 연습을 해야 했다. 사람은 목소리로 말을 한다. 당연했다. 그런데 그게 아니더라. 마스크를 쓰고 해설하기 시작하니 표정으로도 많은 말을 했고 입 모양 또한 중요했음을 새삼 느낀다. 마스크 때문에 목소리가 잘 안 들리는 것도 아닌데, 희한하게도 듣는 사람들의 반응은 확연히 달라졌다.

처음에는 바이러스 걱정으로 사람들이 경계심을 가지고 서로를 대하다 보니 날이 서게 되어서 그렇다고만 생각했다. 그런데 다른 해설사님의 해설을 지나가다 들었다. 손님들의 반응이 이해가 되었다. 눈이 초승달이 될 만큼 크게 웃을 때가 아니면 모두 무표정하게 보이는 것이다. 해설하는 사람부터가 뚱해 보이니 듣는 이들도 감동을 얻고 가지 못한다.

이튿날부터는 손동작을 크게 하고 입꼬리가 아플 만큼 눈웃음을 지으며 해설을 해 보았다. 그랬더니 손님들의 반응이 한결 밝아졌다. 바로 눈으로 보였다. 이렇게 서로 간의 벽이 생길 때는 좀 더 커다란 제스처가 필요했음을 느낀다. 아무런 거리낌 없이 얼굴을 마주 보고 웃으며 이야기 나누던 일상이 너무나 소중했다.

코로나로 숲길과 표지판들을 정비하고 묵었던 자료들을 정리하

는 시기가 생겼다고 혼자 위안하며 손님들이 남기고 간 방명록들을 차곡차곡 읽어보았다.

"동생과 걷다 보면 사락사락 나뭇잎 소리, 쿵쿵 발걸음 소리, 쩍쩍 동물 소리까지 오케스트라 같습니다. 그럴 땐 자꾸 마음을 졸입니다. 언제 또 어떤 작은 생물들이 희생될지요. 그 나무들은 우리를 위해 열심히 눈물 삼키며 자라겠지요?"

또박또박 초등학생의 글씨체인데 그 마음이 맑고 곱다. 그래, 숲의 생명들도 이 기간 동안 조용히 쉼을 갖기를.

엄마는 숲속 동물 친구예요

아이가 다섯 살이 되자 부쩍 말이 많아졌다. 수다스러운 아이의 말을 듣고 있노라면 앞뒤가 뒤죽박죽이다. 그런데 자기가 관심이 있는 분야는 똑 부러지게 말한다. 그 조그만 입으로 파키케팔로사우루스, 안킬로사우루스 등 발음도 어려운 긴긴 공룡 이름들을 줄줄 읊는 것이 신기했다.

요즘에는 낚시놀이에 관심을 가지며 백상아리, 망치상어, 오징어, 복어 등 바닷속 친구들에 빠져 산다. 이상하게도 일반적인 동물들, 이를테면 코끼리, 사자, 토끼 같은 것엔 통 관심이 없다.

동물을 편향적으로 좋아한다는 생각이 들어서 넌지시 물어봤다.

"숲속 친구들이 좋아? 아니면 바닷속 친구들이 좋아?"

그런데 주저하지 않고 아이는 "숲속 친구들!"이라고 당당하게 대답한다.

의외의 대답이었다. 곤충이나 심지어 노루를 봐도 시큰둥하던 아이였는데, 도대체 숲속 친구들 누굴 말하는 것인가?

"숲속 친구들 누구누구 있는데?"

아이는 엄마가 왜 그런 것도 모르냐는 듯한 말투로 힘주어 대답한다.

"엄마, 아빠, 할머니, 할아버지……."

그 말을 들었을 때는 깔깔 웃어넘겼는데 지금 와서 생각하니 하긴, 우리도 숲속 동물이다.

잊고 살지만, 우리 또한 커다란 생태계 안의 한 구성원이다. 그런데 우리는 우리가 특별한 존재라고 생각할 때가 많다.

숲을 찾은 손님 중에는 혹시 뱀이 있냐고 묻는 분들이 계신다.
그럴 때면 이렇게 답한다.

"혹시 뱀 무서워하시나요? 선생님께서 뱀을 무서워하시는 것보
다 뱀이 선생님을 더 무서워해요."

8년 전 숲 해설을 할 때는 일주일에 두세 번 뱀을 만나기도 했
다. 그런데 이제는 한 달에 한 번 보기가 힘들어졌다. 세상에서 가

장 독한 동물들이 지나다니니 뱀들이 서식처를 안쪽 숲으로 옮겨 간 것이다.

식물이 화를 내는 것을 본 적이 있냐고 물으면 다들 의아해한 다. 초피나무는 건드리기 전에는 향이 나지 않는다. 그런데 툭 하고 뜯으면 독특하고 싸한 향을 풍기기 시작한다. 그게 화를 내는 것이 아닐까? 애벌레들이 잎을 뜯어 먹으면 방어기제로 향을 풍긴다. 곤 충들이 싫어하는 향이다. 그런데 사람들은 그 향이 생선 비린내 없 애는 데 좋다고 추어탕이나 자리물회에 띄워 먹는다. 로즈마리 같 은 허브도 마찬가지다. 허브의 향을 맡을 때 몇 번 문지르고 쓰다 듬는다. 우리는 좋아하는 향이지만 모기들은 싫어한다고 하지 않 는가? 가까이 오지 말라고 풍기는 향조차 인간은 차를 끓이고, 식 자재로 쓰고, 마사지 오일을 만들며 알차게 사용한다.

호주에서 들리는 산불 소식에 마음이 아프다. 어딘가에서 는 유 례 없는 대지진이 났단다. 자연재해라고 하지만 사실은 인재이기도 하다. 지구상 800만 종의 동식물 가운데 100만 종이 멸종 위기에 처해 있다고 한다. 사람들의 끊임없는 소비가 계속되는 한 숲은, 우 리의 자연은 파괴될 수밖에 없다. 아이처럼 우리는 그 사실을 잊으 면 안 된다. 우리 인간도 숲속 친구들이자 하나의 동물이며, 지구 별 친구들이라는 것을.

숲 밖에서 숲을 발견하다

자연의 아름다움을 마음껏 누릴 수 없게 되었을 때 비로소 자연의 고마움을 절실하게 느낀다. 마스크를 써야 하는 세상이 되어서야 자유롭게 대면했던 일상의 소중함을 느끼듯이, 마스크를 쓰고서야 마스크 없이 내 코와 입으로 드나들던 숲 향기가 아름답고 상쾌했음을 실감한다. 매년 일상이었던 아이들과의 수업도 지난봄부터 9월까지 예약과 취소를 수도 없이 반복했지만 결국 이루어지지 못했다. 학교 아이들과 만나는 시간이 얼마나 가치 있는 시간이었는지 또한 깨닫는다.

10월에 접어들었다. 코로나로 인해 모두가 힘든 시간을 보내고 있었다. 학교의 아이들도 소풍, 수학여행, 현장체험학습 모든 것을 잃었던 한 해였다. 하지만 이렇게 한 해를 보내기 아쉽다는 몇 학교의 연락으로 학교로 직접 찾아가는 수업을 하기 시작했다.

　숲에 사는 식물들을 사진으로 정리하고 다양한 식물들과 많은 양의 흙, 자갈들을 트럭 한가득 챙기고 나르는 게 일이었기에 매번 움직일 때마다 만만치 않은 작업이었다. 하지만 "우와, 이게 몇 달 만에 하는 체험이야!"라는 아이들의 환호성에 그 수고스러움이 싹 날아간다.

　한 초등학교 선생님은 아이들과 함께 학교 정원 탐방을 해주면 좋겠다고 부탁해왔다. 꼭 숲을 찾아가는 것이 아니라도 지금 학교 작은 화단이 나중에 숲을 이루게 될지도 모른다는 미래를 상상해 볼 수 있도록 하면 좋겠다는 바람에서였다. 실내에서 곶자왈 숲 이야기를 들려주고 다양한 식물 도장들을 찍으며 나만의 숲을 표현해보는 활동을 가진 후 밖으로 나갔다.

화단으로 가니 배롱나무가 보였다. 나는 "우와. 백일홍이 너무 예쁘지?"라고 말하면서 순간 아차 싶어 "앗, 백일홍이 아니라 배롱나무란다."라고 서둘러 고쳐 말했다. 백일홍이라는 말을 입으로 던져놓고는 귀로 듣고 나니 백일홍 꽃은 키가 작고 화려한 꽃이라는 이미지가 그려지며 뭔가 영 어색했던 것이다. 수업이 끝나고 검색해 보니 배롱나무의 꽃을 백일홍으로 부르는 게 맞았다. 나무백일홍과 꽃 백일홍이 따로 있음을 깊은 머릿속에서는 알고 있었음에도 새롭게 인지하는 경험을 했다.

내가 학교 화단에서 아이들에게 이야기해줄 내용이 있을까 싶었는데 큰 나무에서부터 작은 풀들까지 크고 작은 생명이 생각보다 많아 놀랐다. 선생님이 이야기한 것처럼 작은 화단은 또 다른 숲을 이루고 있었다. 몇 가지 나무 이야기를 들려주니 이번에는 아이들이 나를 총총히 끌고 가서는 자신이 좋아하는 장소에 있는 나무들에 관하여 물어본다. 열두 살 아이들의 마음속에도 화단 안에서의 추억들이 제각각 자리 잡고 있던 것이다. 아이들은 학교 잎작은 나무 그늘에서 많은 시간을 보내고, 그 안에서 깊은 고민과 사유도 하고 있었다.

수업이 끝나고 돌아가는데 새로운 숲을 발견한 기분이다. 정말 나중에는 그 장소가 우거진 숲이 될 것만 같은 기분이 들었다. 몇 년 후에 이 학교 화단을 꼭 한번 들러보리라.

숲은 자연에만 있는 것이 아니었다. 도로 양옆 가로수에 깃들어 있을 수도, 아파트 옥상 작은 화단에 있을 수도 있다. 우리 주변에도 분명 숲이 있고, 우리는 그 숲 안에서 살아가고 있다.

가을의숲
이야기
While

- 🍂 곶자왈 숲에 도토리가 많은 이유, 종가시나무
- 🍂 매혹적인 보랏빛의 좀작살나무
- 🍂 보이는 게 다가 아니다, 가는쇠고사리

곶자왈 숲에 도토리가 많은 이유,
종가시나무

도토리 하면 가을을 가장 먼저 떠올리지만, 곶자왈 숲 안에는 추운 겨울에도 여전히 도토리가 널려 있다. 바닥 한가득 깔린 모습을 보고 많은 사람들이 주워 가는 사람들이나 동물들이 없는 거냐며 의아해한다. 종가시나무 도토리는 작아서 도토리묵이라도 쑤어 먹을라 치면 까는 게 일이긴 하다. 우리만 하더라도 도토리가 한창 떨어질 시기에만 수확한다. 바닥에 커다란 천막 천을 깔아두고 기다란 장대로 툭툭 치면 후드득 하고 비가 내리듯 떨어진다. 그렇게 몇 차례 반복해서 모으면 광주리 하나가 가득 찬다. 그걸 가지고 한두 차례 정도 도토리묵을 쑤어 먹긴 하지만 그 이후에 바닥에 떨어진 도토리를 주우면서까지 묵을 쑤어 먹지는 않는다.

그리고 도토리 하면 빠질 수 없는 단짝, 다람쥐가 살지 않는다. 나는 단 한 번도 제주 숲에서 뛰어노는 다람쥐를 본 적이 없다. 정말 제주에는 다람쥐가 없는 것일까? 궁금해서 이곳저곳 찾아보았지만 관련 기록은 많지 않았다. 1960년대에 다섯 마리를 방사했다고도 하고, 몇 년 전에 한라산에서 발견되었다는 뉴스도 보였지만, 이 정도면 자생한다고 보기가 힘들지 않나 싶다.

숲에 오신 손님들에게 그런 이야기를 전달하면 "왜 안살아요?"라는 질문이 뒤따른다. 딱히 해 줄 답변이 없었는데 최근에 방문한 손님이 현명하게 답해주셨다.

"비행기를 안 태워줘서 그렇지!"

그분은 웃으라고 한 말이었지만 정말이었다. 예전에 제주도의회에서 아시아나항공을 대상으로 소송을 걸어야 한다는 말이 나왔다는 기사를 접했다. 1989년 일간스포츠 20주년 기념 행사로 반가운 손님이 온다고 알려진 '까치'를 방사하는 퍼포먼스를 했고, 이때 까치 수송을 도와주었던 것이 아시아나항공이었다. 그런데 그때 방사했던 53마리의 까치가 천적이 적은 이곳에서 어마어마하게 번식하기 시작해서 불과 5년 만에 해로운 짐승으로 지정되었고, 지금은 10만 마리가 넘게 번식해서 매년 농작물에 피해를 주어 매년 '유해 야생동물 퇴치사업'에 1억 원 이상을 들인다고 한다.

작은 것 하나 바꿨을 뿐인데도 그로 인해 변하는 것들이 참 많다.

자연에 가장 많은 변화를 주는 것은 사람이다. 자연을 살리는 것도 사람이고, 자연을 파괴하는 것도 사람이다. 지금은 바닥에 깔려있지만, 만약 종가시나무 도토리 안에 아주 특별한 성분이 들어있거나 엄청난 약효가 있다는 사실이 방송된다고 생각해 보자. 아마 수일 내로 바닥에 떨어진 도토리가 깨끗하게 사라질 것이다. 세상에서 사람이 가장 위협적인 동물이라는 점을 도토리를 보며 또 한번 생각해본다.

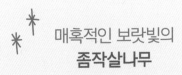

매혹적인 보랏빛의
좀작살나무

좀작살나무는 내가 곶자왈 숲에 홀로 들어간 날 처음으로 만났던 놀라운 식물 1호이다. 마치 누군가 색칠해놓은 듯 어여쁜 보라색 열매

에 한참을 바라보았고, 그 열매를 시작으로 숲속에서 파란색, 노란색, 빨간색 등등 색 찾기 놀이를 했던 것으로 기억난다.

세 갈래로 갈라진 나무의 가지가 나란하게 마주 나 있어 그 모습이 마치 고기잡이용 작살 모양을 닮았다고 해서 작살나무란다. 곱고 화려한 색을 지녀 성격이 새초롬한 줄 알았는데 눈 내리는 겨울에도 열매를 떨구지 않는 강직함을 지니고 있고, 양지나 음지, 도심지든 바닷가 주변이든 환경 적응력이 무척 강한 녀석이었다.

한 번 보고 난 후에야 비로소 정원수로도, 꽃꽂이 장식으로도, 다른 숲에서도 좀작살나무가 내 눈에 띄기 시작했다. 심지어는 우리 집 문 바로 앞에도 떡하니 한 그루가 있었다. 늘 주변에 있어도 관심을 두지 않았기에 미처 발견하지 못했다. 지금도 나는 좀작살나무의 보라색 열매가 보이면 부끄러운 마음과 함께 김춘수 시인의 시 〈꽃〉이 생각난다.

내가 그의 이름을 불러주기 전에는

그는 다만

하나의 몸짓에 지나지 않았다.

내가 그의 이름을 불러주었을 때

그는 나에게로 와서

꽃이 되었다.

보이는 게 다가 아니다,
가는쇠고사리

곶자왈에서 가장 쉽게 볼 수 있는 고사리이다. 유난히 반질반질한 진초록 잎을 뽐내어 잎이 떨어지는 가을에도 숲을 더욱 푸르게 느끼게 해주는 식물이다.

고사리들은 참 비슷비슷하게 생겼는데 그 종류가 무척 다양해서 어렵다. 바소꼴이다 깃꼴이다, 인편은 어떻고 잎자루는 어떻고, 삼회 우상 복엽으로 갈라지고 등등 그 모양새를 설명하는 말은 더욱 어렵다.

식물의 학술적인 분류에 크게 중점을 두지 않는다면, 곶자왈 숲에서 큰 삼각형 모양새에 신사들이 입는 연미복처럼 밑으로 꼬랑지 두 개가 툭 튀어나와 있는 모습의 고사리가 보인다면 가는쇠고사리겠다고 생각하면 얼추 맞을 것이다.

옹기종기 모여서 군락을 이루며 살아가기에 사실 가는쇠고사리는 따로 찾을 필요도 없다. 곶자왈 숲에서만큼은 가는쇠고사리를 보는 일보다 보지 않는 일이 더욱 어려울 만큼 넓은 면적을 차지하며 자라고 있으니 말이다.

이 친구는 속명이 아라크니오데스이다. '거미줄 같은'이라는 뜻이다. 말 그대로 땅속에서 줄기 뿌리가 거미줄처럼 뻗어나가 한 잎씩 땅 위로 낸 형상이다. 그렇기에 촘촘하게 얽혀있는 그물 같은 뿌리에서 나온 잎들이 지표면을 가득 덮고 있다. 우리가 보는 모습이 완전한 한 개체인 듯하지만, 알고 보면 한 잎에 불과하다는 뜻이다. 표본 채집을 위해 하나를 잡고 조심조심 죽 당겨보았다가 다른 잎들과 끝도 없이 연결되어 있어 당황했던 기억이 난다. 보이는 것만이 다가 아니다.

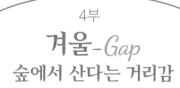

4부

겨울-*Gap*
숲에서 산다는 거리감

# 서울에서의 일기, 제주에서의 일기

휴대폰 알람에 함께 뜨는 일정을 보고 마음속으로 비명을 질렀다.

11월 22일 안동 태극 권역 마을해설사 과정 출장

11월 23일 수원 농촌교육농장 교사 양성 연찬 과정

11월 24일 진주 마을 교육 강의 출장

11월 25일 청도 농촌교육농장 컨설팅

11월 26일 서산 체험지도사과정 교육 강의

11월 27일 안성 에듀팜 사업 운영실습 지도 출장

11월 29일 예산 회사 자체교육 워크숍

나 서울에 사는 거 맞아?

휴대폰 일정 관리 저장함이 꽉 차서 더 채울 수가 없고, 달력에

까만 글씨가 촘촘하게 적혀있어서 주의를 기울여야 하며, 아직 다가오지도 않은 다음 달 달력 칸도 까맣게 낙서가 되어있다. 그렇게 바쁘다 보니 서울에 있는 집은 단지 잠을 자러 들어가는 곳이고, 자취집의 전기세가 월 삼천 원이 채 안 나오는 달도 있었다.

이렇게 너무 일만 해서는 안 되겠다는 생각에 회사 앞 피아노 학원을 끊었지만, 한 달 동안 딱 이틀밖에 못 나갔다. 주말에 쉰다 해도 미뤄놓았던 잠을 한꺼번에 자다 보면 그렇게 빨간 날도 무의미하게 흘러가 버리고, 쉬는 날은 집에 가만히 있고 싶어지다 보니 친구들 만나는 일도 귀찮기만 하다.

함안이나 창원 같이 400킬로미터 떨어진 먼 거리를 당일로 다녀올 때가 있고 혹은 안동에서 저녁 주민교육이나 리더 교육이 있다 보니 새벽에 집을 나서서 새벽에 집에 들어오는 일도 그다지 힘들지 않게 되었다. 출장 갔다 돌아오는 길에 어디까지 왔냐는 연락을 받으면 50킬로미터 정도 남아도 '이제 거의 다 와 가요.'라고 답하게 될 만큼 거리 개념도 오십 배 정도는 넓어졌다.

다음 달이면 보고서 쓰는 시기이니 꼼짝없이 책상 앞에 붙어 밤새 노트북을 두드려야 할 것이다. 생각만 해도 숨이 턱 막혀온다. 제주가 그립다. 그렇다고 이 일을 놓고 싶지도 않다. 이십대 여자아이에게 온전히 사업을 맡기고, 원하는 대로 마음껏 구현해 보라고 격려해주는 연구소가 어디 있을까? 쟁쟁한 학벌의 사람들도 우수수 떨어지는데, 나는 정말 운 좋게 들어온 경우가 아닌가.

사업이 끝난 후에도 '선생니 잘 지내세요ㅎ' 하는 어르신들이 쓴 서툰 문자를 받기도 하고, 김장 새로 했는데 택배로 부쳐주겠다는 연락에서부터 농작물을 첫 수확했다며 내 몫을 따로 두었다는 분들도 계셨다. 전국의 곳곳이 사랑하는 나의 지역이 되는 일이지 않은가? 초록색 로고의 명함마저 예쁘다. 이렇게 내려놓고 싶을 때마다 지금의 일이 좋은 이유를 구구절절이 적어보곤 한다.

이러저러한 이유를 모두 제치고 무엇보다도 함께 일하는 이들이 모두 존경할 만한 분들이지 않은가? 세상을 밝게 해 주는 작은 움직임을 만드는 사람들이기에 배울 점이 가득한, 그러면서도 의지되는, 그리고 진정성을 가진 이러한 사람들과 함께 일한다는 것. 이것만으로도 내 자존감이 올라간다. 내가 나가 봐야 어디 가서 연구원님이라는 소리를 들을 수 있겠는가?

2012. 02. 01. 제주에서의 일기

찬바람이 쌩했다. 눈발도 매섭게 휘날렸다. 마음 한켠이 허한 것은 날씨 탓만은 아닐 터. 제주도에 내려온 지 이틀째 되는 날이다.

전날은 짐을 정리하기에 급급했다. 짐을 정리하고 가장 먼저 한 것은 드라마 〈해를 품은 달〉 시청이다. 딸내미 심심할까 봐, 우리 아버지는 당신이 즐겨 보는 드라마를 챙겨 보라 하신다. 서울에서

는 TV 보는 시간이 사치로 느껴질 만큼 바쁘게 살아왔는데, 이런 게 여유인가 싶다. 10년 만에 엄마와 아빠 품으로 돌아왔다. 두 분 얼굴에는 연신 미소가 벙글벙글이다. 그제야 '훅~' 하고 봄바람 불 듯 내 마음의 먹먹함이 가라앉았다.

　　연구소에서 자연과 농촌을 배경으로 교육 프로그램 짜는 일을 해왔으면서 정작 그런 일을 하고 있는 부모님께는 바쁘다는 핑계, 잘 모른다는 변명으로 도움이 될 자료 한번 못 보내드렸다. 그러면서 스스로 늘 이런 생각으로 위안을 삼았다.

'아직 나는 그곳을 잘 모르니까 함부로 조언해서는 안 돼!'

실제로도 그렇다. 내가 살아왔던 그곳이건만 내가 자란만큼 숲도 자라왔기에, 내가 떠나 있던 시간 만큼 많이 변했기에 나는 제대로 그곳을 안다고 말하지 못한다.

나는 당찬 제주의 딸이라 보여주자고, 나는 이렇게 다양한 구상들을 지니고 있다고 설득하고자 내려왔다. 그러나 내려와서는 조금 달라졌다. 그래 '환상숲'과 '곶자왈', '아버지'를 이해하는 시간을 가져야 함이 우선이다. 나는 아직 아버지가 환상숲과 곶자왈을 아끼는 만큼 이곳을 사랑스럽게 바라보지 않았다.

어수룩해지는 시간에 용기를 내어 숲에 들어갔다. 나 스스로도 의외지만 내가 숲에 혼자 들어간 것은 처음이다. 이 마을에서 태어났고, 초등학교 2학년 때부터 곶자왈이 뒷마당이나 마찬가지인 이 집에서 살았는데도 말이다.

어렸을 적, 숲은 가시덤불로 덮여 있었다. 숲에 들어가 상동 열매라도 따 먹으려고 하면 낫을 든 아빠 뒤에 꼭 붙어야만 들어갈 수 있는 곳이었다. 나에게 숲은 누군가와 함께 가면 먹을 것이 널려 있는 아름다운 공간이었지만 홀로 들어갈 엄두는 나지 않던 곳이었다.

귀신을 믿지 않는 나이가 되었음에도 웬일인지 숲속을 홀로 걸을 생각은 '감히' 할 수 없었다. 아기 코끼리가 어른 코끼리가 되어

서도 약한 쇠사슬을 끊고 달아나지 못하는 것처럼 말이다.

아무튼 이번에 정말 큰 용기를 내어본 것이다. 계속해서 머뭇거리다 입구에 핀 동백꽃을 보고 불쑥 들어가버렸다. 거센 바람이 웅웅거리며 귓가를 때린다. 싸락눈이 따갑게 때리는 덕에 사방에서 바스락거린다. 순식간에 어두컴컴해진다. 나무들이 반기를 들고 나를 노려보았다. 나는 여전히 숲을 무서워하는구나, 아직 나는 멀었구나. 그래도 장하다. 후다닥 달려서 한 바퀴를 돌았다.

2012. 02. 11. 아빠와의 산책

환상숲은 아니지만, 인근 명이동 곶자왈을 찾았다. 가시 덤불이 얽혀있는 모습이 반가웠다. 맞다. 어렸을 때 우리 숲은 딱 이 모습이었다. 그러고 보니 아빠랑 참 오랜만에 나란히 걸었다. 엄밀히 말하면 내가 두 걸음만치 뒤처져서 걸었지만.

역시, 아빠는 내가 내려와서 신난 것 같다. 이것저것 마주하는 나무마다 이야기를 술술 풀어나간다. 그러고 보면 아빠의 양말만 던져줘도 소중하다는 듯이 품에 끌어안고 잤던 아빠 딸이었다는데, 언제부터인가 무뚝뚝하고 귀염성 없는 딸내미가 되어버렸다. 산타할아버지가 없다는 것을 알게 될 나이부터였던가?

가시덤불은 숲을 형성할 수 있게 해주는 첫 번째 조건이다. 소중한 녀석들이다. 사람 손이 닿지 않아야만 아름다운 숲이 완성될 수 있다. 아니, '욕심 많은 사람 손이 닿지 않아야만'이 정확하겠지. 그렇다면 나는 욕심 부리고 있는 걸까?

나무껍질이 홀렁 벗겨진 나무를 보며 아빠가 생각 거리를 던졌다. 방목시킨 동물들이 이렇게 땅을 헤집고 다니며 군락지를 훼손시킬 때 이것 또한 자연현상이라고 할 수 있을까에 관한 물음이다. 어떻게 보면 그런 것도 같고 어떻게 보면 아닌 것도 같고, 한적한 숲길을 걷다 보니 생각 또한 많아진다. 곶자왈을 지키기 위해 사람들에게 숲을 개방하는 것은 자연을 위한 길인가, 그렇지 않은 길일까? 아직은 뭐가 뭔지 모르겠다. 그저, 콩짜개덩굴로 아름답게 덮여 있는 숲의 모습이 오늘은 반짝반짝 빛났다는 것, 그것만 기억하련다.

숲은 무서워했을지 몰라도 나무들은 무척이나 좋아했다. 지금도 현재 진행형이다. 나무의 이름은 관심 밖이었다. 어떤 아이는 '얼룩덜룩이', 어떤 아이는 '판판이', 이런 식으로 나만 알아볼 수 있게 기억했다. 아무렴 어떠랴, 친해지면 되는 것이지. 나무의 색, 모양, 무늬, 촉감이 가지각색이라는 것을 아이들에게 알려주고 싶어졌다. '줄기로 나무 찾기 카드'를 만들어야겠다. 이런 생각을 하고 있으니 신이 난다.

"정말로 즐거운 일을 할 때는 늘 만족할 만한 대가를 받고 행복한 기분을 느낄 수 있다. 일에서 성공하는 세 가지 공식은 자신이 무엇을 하고 있는지 자각하고, 자신이 하는 일을 믿고, 자신이 하는 일을 마음에 들어하는 것이다."

　서울에서 함께 일하던 팀장님이 나에게 준 글귀이다. 아직 수입은 없어 불안하지만 즐거운 하루를 보냈으니 되었다. 무엇을 하는지 자각하고, 믿고, 마음에 들어해보자.

떨림옷이 행복이
따라와마씀.

굽은 길 뒤에는 떨림없이
행복이 따라옵니다.
태풍에 쓰러진 나무 위로
파란 하늘이 보입니다.

가짜 숲해설가의 고군분투기

2013. 9. 20. 일주일 전, 기괴한 모양의 팽나무가 환상숲 입구에 떡하니 심겼다. 커다란 덤프트럭에 실려 온 녀석은 큰 키가 무색하게 가지가 앙상하다. '고도를 기다리며'의 배경으로 쓰일 법한 물음표 모양의 나무다. 주변 공사 현장에서 없애버리려는 나무를 아버지가 돈을 주고 사 오셨다.

2013. 9. 21. 옮겨 오는 과정에서 적잖은 가지들이 잘렸다. 나무 뒤에 쌓여있는 검은 돌담 때문에 뭉텅 잘린 굵은 가지의 뽀얀 단면이 눈에 띈다.

2013. 9. 22. 굵은 가지 옆으로 이쑤시개 굵기의 잔가지들이 남아있다. 그 가지 끝에 달린 서너 장의 나뭇잎으로 살아있음을 희

미하게 가늠한다. 뚝 떨어진 밤 기온에 가을을 느꼈는지, 바뀐 자리에 적응 못 해 몸살을 앓았는지 그마저도 버석하게 말라 있다.

2013. 9. 23. 세차게 내리친 비 때문에 나뭇잎들이 바닥 진흙탕에 일그러져 있다. 나뭇잎을 다 떨구자 나무가 도리어 쌩쌩하게 보인다.

2013. 9. 24. 거무튀튀했던 나무가 까맣게 물을 머금었다. 덕분에 잘린 단면보다 나무에 붙어있는 얼룩덜룩 곰팡이 모양의 이끼들이 더욱 도드라져 보인다.

2013. 9. 25. 늘 보던 위치에서 비켜서니 비로소 삼지창 형태로 갈라진 끝부분이 눈에 들어온다. 물음표 모양이라 여겨졌던 나무가 누군가를 안아주기 위해 팔 벌린, 꼬부랑 모양으로 변했다.

2013. 9. 26. 아버지가 전정가위로 잔가지들을 잘라낸다. '딱, 딱' 자르는 소리가 경쾌하다. 빨간빛, 노란색 맨드라미가 나무 아래 불꽃 모양으로 선명하게 피어 있다.

2013. 9. 27. 아침부터 새들이 재재거린다. 두서없이 서로 울어재끼니 그 소리도 제법 시끄럽다. 그 수많은 새 중 어느 한 마리도

앙상한 가지 위에는 앉지 않는다.

2013. 9. 28. 팽나무 나무껍질에 웬 털이 나 있다. 온몸을 휘감아 올라갔던 송악 줄기의 흔적이다. 덩굴을 뜯어낸 자리에 바싹 마른 잔뿌리만 무성하다.

2013. 9. 29. 빗방울이 후드득 떨어진다. 오전 11시인데도 저녁 6시처럼 느껴지는 하늘이다. 팽나무도 어깨에 검은 먹구름을 지고 있다.

2013. 9. 30. 온종일 팽나무를 잠깐도 마주하지 못했다. 분명 집 안과 밖을 네댓 번은 오갔을 텐데, 그때마다 훤히 보이는 그 자리에 나무는 여전히 있었을 텐데. 고된 하루를 보낸 나에게는 팽나무가 보이지 않았다.

2013. 10. 1. 바람이 잦아들었다. 어제 보이지 않던 팽나무가 오늘은 차분하게 서 있다. 홀로 나동그라진 작은 화분만이 어젯밤 거센 바람을 기억한다.

2013. 10. 02. 잘린 팽나무 단면에는 묽은 주황색 약이 발라져

있다. 바르고 난 후 얼마 지나지 않아 비를 맞았는지 눈물 자국처럼 한 줄기 흐른 자국도 남아있다. 날카롭게 잘린 상처가 한결 무더진 듯 보인다.

2013. 10. 03. 잠자리 한 마리가 한참을 머뭇대다가 팽나무 머리 끝 가지에 꼬리를 치켜들고 살포시 걸터앉았다. 나무와 한 몸이 된 것처럼 한동안 그 자리에 멈춰있다.

2013. 10. 4. 팔짱을 끼고 우두커니 서서만 바라봤구나. 늠름한 조랑말의 갈기를 떠올리며 팽나무 등허리를 살짝 쓸어 올렸다. 버쩍 마른 잔뿌리들이 마구 붙어있어서 손끝이 철 수세미 만지듯 껄끄럽다.

2013. 10. 5. 팽나무 위로 붉은 머리의 개미 두 마리가 간지럽게 뿔뿔 기어간다. 떨궈주려고 손가락으로 살짝 앞을 막았지만, 한껏 일어난 껍질 탓에 작은 생명은 떠 있는 공간 사이로 아무렇지 않게 지나간다.

2013. 10. 6. 팽나무 밑동 언저리에는 오래전에 잘린 옹이 자국이 보인다. 이제는 새살들에 덮여 뭉툭한 자국만 남아있다. 지금 저 새파란 상처들도 언젠가 멋들어진 옹이로 남겠지.

2013. 10. 7. 깜깜한 밤 방안에서 밖을 바라보니 팽나무 윤곽이 슬그머니 보인다. 멀리서 바라보니 그냥 지팡이 하나 꽂아놓은 형세다. 그래도 달빛을 받으니 제법 운치가 있다.

2013. 10. 8. 웨에에에엥. 온종일 전기톱 소리가 신경을 긁는다. 재선충에 감염된 소나무들이 팽나무 주위에서 뎅겅뎅겅 잘린다. 팽나무는 그 풍경을 얼마나 마음 졸이며 보고 있을까?

2013. 10. 9. 엊저녁 썰렁해진 날씨에 두툼한 이불을 꺼내고 여름옷을 정리해서 들여놓았더니 날씨는 어찌 알고 쨍쨍 여름이다. 꿍얼대며 장롱 위에서 다시 주섬주섬 반팔 옷을 꺼내 입었다. 그러고 나니 그늘 하나 없는 팽나무가 더워 보인다.

2013. 10. 10. 한꺼번에 전세 버스 석 대 가득 아이들이 내렸다. 100켤레의 운동화가 끌리니 마당 한가득 먼지가 풀풀 날린다. 회백색 흙 맛이 입안에서 텁텁하게 느껴진다. 덩달아 팽나무에도 뽀얗게 먼지가 앉았다.

3주 동안 한 그루의 나무만을 바라보며 적은 글이다. 나는 숲 전문가가 아니다. 전공자도 아닐뿐더러 내 집 마당의 큰 꽃들마저 모르는 것들이 수두룩하다. 그런데 숲 해설을 들으러 오는 손님 중에는 분명히 식물이나 생태 관련한 박사님들도 있을 것이고, 유명한 숲해설가도 있을 것이다. 그분들이 오면 나는 어떤 안내를 해드릴 수 있을까? 분명 그들도 안다. 내가 그들보다 잘 알지 못한다는 것을. 자격증도 없다. 그들이 보기에는 가짜 해설사인 것이다.

그러나 그들 앞에서도 나는 자신 있게 이야기할 수 있는 부분들이 있다. 매일 같이 그 숲을 바라본 사람을 이길 수는 없다. 이게 가짜 해설가로 살아남을 방법이 되어 준다. 숲은 날씨와 시간대에 따라서 어마어마하게 다른 풍경을 지니고 있다. 아침에 눈을 떴을 때 문틈 사이로 새어드는 햇빛만 보아도 오늘 숲은 어떠한 풍경일지 그려지는 것이다. 봄, 여름, 가을, 겨울을 두 번 겪으며 하루도 빠지지 않고 숲에서 매일 매일을 보내니 이제는 보이기 시작한다.

한 나무 한 나무 이름을 아직도 다 알지는 못한다. 그런데 눈에 익는다는 게 무엇인지 알게 되었다. 가끔 한 주 정도 휴가를 받아 서울에 다녀올 때가 있다. 그렇게 일주일 숲을 비웠다 다시 출근을 하면 단박에 알아볼 수 있다. '일주일 동안 비가 많이 내려서 갈등의 길 오른쪽에 나무 한 그루의 가지가 조금 더 내려왔구나'라든지 '에움터 안에 있던 작은 고사리를 누군가가 꺾었구나' 하는 아주 사소한 것들이 눈에 혹 들어온다. 뭐가 어디 있는지 말하라거나 그려보라 하면 못 그린다. 그런데 지난주와 다른 그림 찾기를 하라고 하면 할 수 있을 것 같다. 분명하게 알 수 있는 것도 아니다. '여기가 뭔가 달라졌는데 무슨 일 있었어?' 하고 물어보게 된

달까? 일부러 세어 보거나 한 식물 한 식물의 상태를 체크해 두지도 않는데 변화가 생기면 귀신같이 알아차리게 된다. 그리고 똑같은 매일이 없다는 것을 더욱 더 느끼게 된다.

늘 보는 풍경이라 감흥이 없을 거라고 보통 생각한다. 그런데 정작 같은 장소에서 계속 일하다 보면 해가 지날수록 더욱 새로운 점들을 볼 수 있게 된다. 이 시기에 이런 꽃이 피었던가? 이 시기에 이 나무가 새순을 내었던가? 작년에는 이 참식나무가 한 뼘쯤 새순을 내었는데 올해는 어찌 된 일인지 손가락 반 마디 정도만 순을 내기도 한다. 재작년에는 5월도 되기 전에 새로 돋아난 순이 애벌레에게 다 뜯어먹혔는데 올해는 그 애벌레가 보이지 않을 수도 있다. 작년에는 어린 노루 두 마리가 종종 보였는데 올해는 다섯 마리 노루 가족이 보이기도 한다.

그렇게 익숙한 숲인데도 아직도 모르는 것투성이, 신기한 것투성이라는 것도 놀랍다. 우리가 느끼지 못하는 순간에도 계속해서 숲은 자라고 있고 변화하고 있다. 그 자리에 계속 있을 것만 같던 나무가 어느 순간 쓰러지기도 하고, 공터 같던 빈자리에 금세 생명이 뒤덮기도 한다. 생각보다 그 변화는 빠르다. 그리고 생각보다 더디다. 여전하지만 변하고, 빠르지만 더디다는 건 참 문맥도 의미도 안 맞는 말이다. 그런데 자연은 그렇다.

이 숲은 내 손바닥 안처럼 훤히 들여다보인다는 말에 짓궂은 중학생 아이들이 자신의 휴대전화에 찍힌 풍경을 내밀며 어딘지 알아맞혀 보란다.

"오소록한 길 표지판 옆에 있는 부분이지? 그 옆에 쓰러진 나무는 2011년 8월 27일 태풍 볼라벤 때 쓰러진 나무야."

까불대던 아이들이 그제야 감탄한다. 하긴 똑같이 생긴 나무는 없고, 매해 똑같은 풍경의 계절은 없다는 걸 나도 2년쯤 매일 보고 나서야 알게 되었는걸.

 조금 더 솔직해진 일기

2014년 1월 1일

　새벽의 날카롭고 쨍한 냉기가 설핏설핏하다 걷히는 시간이 있다. 봄이 오는 듯 아침이 시작되는 날이면 그 순간만큼은 겨울을 잊게 된다. 2014년의 첫 아침이다. 1월 1일인데도 제법 포근하다. 새해 계획이나 목표가 무엇이냐고 묻는다. 그러고 보니 나는 목표 세우는 것이 익숙하지 않다. 더군다나 숫자로 나타낼 수 있는 목표 따위는 애초에 세우지도 않는다. 고과점수를 몇 점 받고 수익 얼마를 달성하고, 책은 한 달에 몇 권을 읽고 등등 이런 목표는 나를 옭아매기만 하고 내 마음을 불편하게만 만든다. 이룬다고 하더라도 그런 목표 달성으로는 딱히 성취감을 느끼지 못한다는 게 더 정확한 표현인 듯하다.

　철두철미하게 계획을 세우고 하나씩 이루어가는 정말로 성실한 사람들. 그들이 보기에 나는 그저 한심한 사람일 것이다. 누군가의 끈질긴 권유로 머리에서 짜내가며 목표를 끄적여본 적이 있었다. 남들이 보면 콧방귀 뀔 내용이 잔뜩이다. 그 많은 내용 중에 그나마 이뤄나간 것은 하나뿐인 듯하다.

'생활한복이 어울리는 사람 되기.'

이런 식의 얼토당토않은 목표들만 가득하다. 어떤 이들은 내가 욕심이 너무 없어서 그렇다고 한다. 어떤 이들은 내가 욕심이 너무 많아서 그렇다고 한다. 어쩌면 이거 아니면 안 된다고 하고 싶을 만큼의 간절한 꿈이 없어서인지도 모른다. 그렇게 나는 정말 흘러가는 대로 사는 편이다. 그렇다고 해서 내가 살아가기보다는 그저 살아지고 있다는 말은 아니다. 목표 없이도 현재에 충실하게 살다 보면 분명 무언가 새로운 기회가 주어지거나 선택의 갈림길에 서게 된다. 그러면 더 마음이 이끄는 방향으로 나아간다.

마음 가는 대로 또 흘러가다 보면 굳이 목표를 세우지 않아도 올바른 방향으로 나가고 있음이 느껴지기에. 무엇인가 나를 어딘가로 흘러가게 만든다. 올해도 그냥 이렇게 살 것이다. 나는 그저 그 계획 민감하게 알아챌 수 있도록 내 마음 내려놓고 기도하는 것이 답인 듯하다.

사실 처음부터 숲 생활을 편안하게 받아들이지는 않았다. 불과 1년 전 이맘때쯤 홀로 차를 운전하고 있으면 이유없이 눈물이 흘렀다. 혼자 조용한 공간에 있을 때면 '아악~' 하고 비명에 가까운 소

리를 지르기도 했다. 아무것도 나를 가둬두고 있지는 않은데 혼자 숨이 턱턱 막혀서 갑자기 아등바등 몸부림치고 싶다는 충동이었던 것 같다.

3년 가까운 회사 생활 동안 600일쯤은 출장을 다니고 국책사업 결과보고서 50권쯤을 썼다. 말 그대로 나는 일하기 위해 사는 사람 같았다. 교사양성과정 교육을 기획하는 8월부터 결과보고서를 제출하는 12월까지는 생리조차 한 적이 없다. 새벽 두 시쯤 집에 들어가서 세 시간 눈 붙이고 다섯 시쯤 출근하는 날도 있었다. 제발 집에 좀 들어가라고 대표님이 부탁할 만큼 나는 일에 미쳤었다. 나이 지긋하신 마을 위원장님들, 이장님들이 딸, 손녀 같은 나에게 '연구원님', '선생님'이라 부르며 여러 가지 상의들을 해왔다.

날 필요로 하는 부름과 그 호칭이 참 좋았다. 전국에 교육농장 전문가 단 여섯 명. 그 안에 속해있다는 것 자체만으로도 그 일에 목맬 이유가 충분했다. 박사님들과 똑똑한 연구원님들 사이에서 기죽지 않으려고 더 나서서 일했다. 친구들이 보기에는 멋진 삶을 살고 있었다. 나는 다른 사람의 눈을 의식하며 산다. 또각또각 구두와 스커트에 미련을 버리지 못했던 것이다.

지금은 그때와는 너무 다른 생활이다. 이러저러한 이유로 부모님은 내가 필요했다. 하지만 부모님이 나를 제주도에 머물게 하고 싶은 첫 번째 이유는 무엇보다도 '일하다 죽었다'는 소식이 들려올 것만 같았단다.

제주에 와서 처음으로 느껴보는 기분은 후련함이 아니라 불안함이었다. 지금 당장 해치워야 할 일이 없는 상황이 나를 당황케 했다. 숲에서 온종일 손님만 기다린 적도 종종 있었다. 누군가 찾아오지 않으면 아무것도 하지 않아도 되었다. 그게 나를 미치게 했다. 제주 생활을 한 지 얼마 되지 않았을 때 휴직 중이지만 육지에 하루만 와서 일을 해달라는 연락이 왔다. 밤을 새워서 강의 자료를 만들고 비행기를 타고 가 아홉 시간 연달아 강의했다. 다시 제주로 돌아왔다. 당시 숲에서의 내 한 달 월급 50만 원. 그런데 하루

강사료 85만 원이 통장에 찍혔다. 뭔가 서러웠다. 그곳에서는 강사님이었는데 이곳에서는 그저 숲지기 딸이다.

그때까지도 서울에서 다니던 회사의 내 자리 짐을 치우지 않았다. 자취방의 물건도 그대로 남겨져 있었다. 내 친한 친구가 서울생활을 시작한다 해서 그 방에서 살고 있으라 했다. 휴직 연장의 연장을 거듭하다 6개월이 지나서야 비로소 사직서를 냈다. 사직서의 내용도 이것이 끝이 아님에 대한 내용이었다. 대표님과의 마지막 인사에서는 배운 것을 현장에 접목하고 더 많이 성장하여 돌아오겠노라고 대화한 것으로 기억한다.

착한 딸내미가 되고 싶은 마음이 더 크다. 결국, 올라가지 못할 거라는 걸 분명하게 알고 있었다. 회사에는 조금 더 도와드려야 할 것 같다며 마냥 휴직을 연장했다. 그래야만 마음이 놓였다. 간혹 친구들이 놀러 올 때면 바쁜 서울 생활을 뒤로하고 잠시 휴직 중이라고 말하고 싶었나보다. 그런 날에는 등산복을 벗어 던지고 예쁜 옷을 챙겨 입고는 있지도 않은 사업계획서라든가 숲에서 아이들이 할 수 있는 교육활동계획안 같은 문서작업을 적었다 지웠다 끄적거렸다. 참 살아가는 삶의 모습이 평안하고 아름다운 체하며 쓸데없는 자존심은 덕지덕지 붙어있었다. 그랬던 내가, 무엇이 나를 변하게 했을까?

숲에서의 삶은 자존심을 세워봤자 도움이 되지 않는다. 흙을 만지고 사는 사람들의 노동력은 정말로 신성한 것이다. 밖에서 보면 애쓰고 땀 흘리는 모습은 처절해 보일 수도 있다. 뙤약볕에서 땀 흘리는 농부를 보면 유유자적하지 않는다. 어떻게든 동선을 짧게 잡고 어떻게 하면 더 효율적인 움직임이 될까 계산해가며 허덕허덕 일을 해 치운다. 그러한 땀으로 생명을 일궈낸다는 건 참 거룩한 일이다.

어떤 이들은 배운 게 없어서 고생한다고 촌 사람들을 무시한다. 그런데 삶의 지혜를 들여다보면 살아가는 데 유용한 많은 기술과 다양한 능력을 지니고 있다. 책상 앞에서만 살아온 이들이 시골에

던져지면 헛똑똑이가 된다. 자급자족의 삶에는 엄청난 노하우가 필요하다. 아무리 값비싼 브랜드 옷을 입어도 그 가치를 보지 못하는 이들이 주변에 가득하다면 군이 그 브랜드를 고집할 필요가 없어진다. 좋은 옷보다는 편안한 옷을 찾게 되고, 예쁜 구두보다는 편한 운동화를 신게 된다. 그렇다고 추레하지 않다. 참 신기하다. 자연에서는 그게 용서가 된다. 숲 안에서 정장을 입고 뾰족구두를 신고 있다고 상상해보라. 그것만큼 불편해 보일 수가 없을 것이다. 숲 안에서 그런 차림의 사람이 부럽게 보이지 않는 이유이다.

사람들이 만든 도심 속에서는 그런 것들이 귀하고 특별하게 보이지만 자연이 만들어 준 세상에서는 그 기준이 그저 사람임을 알아차리게 된다. 허름하게 입어도 그 행동과 말씨에 기품이 있으면 사람이 달리 보인다. 아무리 잘 차려입었더라도 그 말투와 행동에 값싼 마음이 담겨 있으면 태가 나게 된다.

서울 생활에서는 그럴듯한 명함과 겉모습으로 그 사람을 판단했다면 숲에서는 그 사람이 나를 대하는 태도와 어투, 자세를 보게 된다. 진정으로 사람의 내면을 들여다보는 방법은 후자가 더 잘 들어맞는 것 같다. 내가 허름하게 차려입고 있다면 사람들은 무장해제가 된다. 잘난 사람 앞에서 점잖은 체는 누구든 쉽게 할 수 있다. 하지만 꾀죄죄한 행색 앞에서 바른 자세를 유지하는 건 내면까지 바른 사람이어야 한다. 그러한 모습들이 보이기 시작하니 더 이상 명품을 걸치는 것이 중요한 것이 아니구나 하고 더욱 깨닫게 된다.

대학생들이 창업 관련한 수업의 일환으로 숲을 방문한 적이 있었다. 스무 살 너무 예쁜 학생들을 바라보고 있자니 정말 내 동생을 대하는 마음이 되었다. 그때 나도 모르게 그런 이야기들을 학생들에게 들려주었다. 지금 아등바등 알바를 해서 명품 가방을 사서 맨다고 생각해보라. 진짜를 메고 있어도 누군가는 그 가방을 보고 당연히 가짜라고 생각하거나 누군가의 도움으로 샀다고 생각할 것이다. 그런데 앞으로 정말로 좋은 직장을 다니거나 어느 곳의 사장이 되어 있다고 한다면, 가짜 가방을 메도 진짜 명품 가방

이라고 생각할 것이다. 설령 에코백을 들고 있어도 누군가는 그조차 명품이라고 생각하거나, 혹은 검소한 사람으로 받아들일 것이라고 말이다.

지금은 초라할지 모르지만 나중에 멋진 사람이 되고 싶다는 마음이 점점 커진다. 몸에 값비싼 명품을 두르는 사람이 아니라 내가 명품인 사람이 되고 싶어진다. 자연에서의 삶은 나를 그렇게 바꿔놓고 있었다.

 숲에 기대어 산다는 것

2013년

눈이 내린다. 날씨가 따스해졌다 싶더니, 그 말에 겨울이 울컥했는지 후드득 눈을 쏟아내었다. 작은 알갱이 하나가 어찌 세상을 덮을꼬 했는데 불과 3~4분 만에 온 세상을 하얗게 만들어버렸다. 덕분에 주차장은 홀로 쓸쓸히 놀았다. 한적함이 좋다. 하지만 한적함을 좋아할 수만은 없다. 손님이 북작거리면 싫다. 그렇다고 손님이 오지 않아도 싫다. 이제는 이렇게 생각해야겠다. 손님이 많은 날이어서 좋다. 손님이 오지 않아서 좋다. 그렇다. 나는 숲지기이다. 숲을 찾은 이들에게 숲 보는 방법을 알려준다. 그렇게 먹고살아간다.

숲을 토대로 살아간다는 것은 어찌 보면 힘이 빠지는 일이다. 나는 자연을 사랑한다. 자연의 가치를 알리는 내 일에 보람과 자

부심을 지니고 있다. 그런데 그 일이 돈과 결부되면 내가 하는 행동이 돈을 벌기 위한 수단처럼 느껴질 때가 간혹 있는 것이다. 처음 시작한 마음이 그렇지 않을지라도 손님이 없다고 걱정하고 있을 때면, 혹은 저녁에 문을 닫고 하루의 수익을 계산하고 있을라치면 나 스스로 화들짝 놀랄 때가 있다.

그나마 오늘은 도형이가 있어서 다행이다.

"선생님 예뻐요. 숲을 잘 지켜줘서요."

아이를 칭찬하듯 머리를 쓰다듬어준다. 다른 때 들었더라면 웃어넘겼을 말인데 오늘은 짠했다. "예쁜 아가씨, 젊은데 아깝게 왜 이런 데서 일해?"라며 경상도 아저씨가 던진 말 때문인가 보다. 그 아저씨 딴에는 칭찬이었는데, 갈팡질팡 퍽퍽한 내 마음속 내 귀에는 억센 억양만큼이나 강한 비꼼으로 들려버린다. 첫 손님에게 들은 말이 온종일 나를 괴롭혔다.

도형이. 한 달에 한 번 숲을 찾는 인근 초등학교 아이 중 유독 눈에 띄는 한 명이다. 어눌하고 부족한 아이라 특별히 보조 선생님 한 명이 따로 동행한다. 처음에는 아이들이 끼워주지도 않았는데, 숲 활동이 여러 회차 진행되다 보니 이제는 제법 모둠별 활동도 참여하기 시작한다.

오늘은 숲 야외 활동이 끝난 후 곶자왈 실천카드를 쓰며 마무리하는 활동이다. 곶자왈을 위해 우리가 할 수 있는 일은 무엇일지 적어보고 약속의 의미로 친구들에게 손도장을 받으며 나무카드를 완성하는 일이다. '쓰레기를 버리지 않는다.' '나무를 꺾지 않는다.' 보지 않아도 아이들이 적는 내용은 빤하다. 그런데 도형이가 또 한 번 날 놀라게 한다. 삐뚤삐뚤 천천히 적어내려간 내용은 이렇다.

나무에게 해줄 수 있는 일: '시래기를 잘해요', '행복하란 말', '착하다 착하다 하세요.'

말도 글도 또래에 비해 뒤처진, 세상이 보기에는 조금 부족한 아이이다. 그런데 하늘에서 보기에는 얼마나 예쁜 아이일까?

그렇구나. 딱히 자연을 위해서 행동으로 해주는 것이 없어도 그 마음이 중요할 수도 있구나. 숲을 개방하고 말고의 문제가 아니라 좋은 사람들을 들이는 것과 그렇지 않은 것이 다를 수가 있겠구나. 문득 숲에 기대어 살아간다는 것이 나쁘지 않게 느껴졌다.

2021년

꼬물꼬물 아이들이 커갈수록 숲에서 일하고 숲에서 살아감이 다행이라 느껴진다. 지난해 어린이집 선생님이 '우리는 어디서 살

까요?'라는 질문에 '주택에 살아요.', '아파트에 살아요.'와 같은 답변들 속에서 아들은 '숲에 살아요.'라고 답하더라고 얘기해준 적이 있다. 좋아하는 과일이 무엇인지 얘기를 나눌 때에도 일반적인 바나나와 수박, 사과와 같은 과일 속에서 '무화과'라고 얘기하는 아들을 둔다는 것은 숲해설가 엄마로서는 뿌듯한 일이다.

주말에 아이들을 데리고 제주 동쪽 관광지를 간 적이 있다. 어

린 아이들이 입장하자 그곳에서 티켓을 받고 계시던 분이 물었다.

"꼬마야, 어디서 왔니?"

아마도 서울에서 왔는지, 광주에서 왔는지와 같은 물음이었을 것이다. 그런데 두 아이가 동시에 이렇게 대답했다.

"환상숲에서 왔어요!"

웃음이 빵 터졌다. 우리 애들은 길을 잃어버려도 주소를 말하지 않고 '환상숲'이라고 말하겠구나. 이 아이들이 숲에 산다는 것을 얼마나 뿌듯하게 생각하는지 느낄 수 있었다.

숲에서 살아가는 아이들이라고 해서 특별하지는 않다. 엄마 욕심에는 자연에서 듬뿍 키우고 싶었지만 속상하게도 여느 아이들처럼 유튜브와 장난감을 사랑한다. 또 다른 아이들에게 숲 수업을 해주는 만큼 내 아이들에게 자연에 대해서 알려줄 수 있는 여유와 시간이 없기도 했다. 관광객이 몰리는 연휴나 주말에는 덩달아 함께 바빠지는 엄마이기 때문이다.

그리고 무엇보다도 시간을 내서 내 아이들에게 숲 수업을 해주려고 하면 제일 말을 안 듣는 것은 우리 애들이 된다. 선생님 앞에서는 누구보다도 말 잘 듣는 아가들일지라도 엄마는 어디서든 만만하다. 계속 매달리고 안기며 영 수업을 진행할 틈을 주지 않는다. 오죽했으면 수눌음 공동체를 만들어서 다른 아이들과 숲 수업을 함께 하도록 계획을 세우고 다른 숲 선생님께 강사비를 지불하며 숲에 들어가도록 하겠는가.

하지만 저녁이 주어지는 삶이란 건 여전히 감사하다. 숲에 해가 드리우면 퇴근을 할 수 있다. 밤 열두 시까지 불을 켜고 일하던 서울에서의 삶과 가장 크게 다른 점이었다. 자연의 시간대로 살아가는 것, 그래서 겨울에는 조금 더 빨리 일을 끝내고, 여름에는 조금 더 일하게 된다. 하지만 캄캄해진 밤이면 늘 가족의 품으로 돌아갈 수 있다는 것은 참 축복받은 일이다.

이러저러한 이유 다 뒤로하고 숲에서 일하고 있음을 감사하게 되는 것은, 나는 내 일을 하는 것뿐인데 오신 분들께 감사 인사를 받는 직업이 흔치 않음을 알기 때문이다.

열심히 일을 해도 그 일이 나와는 관련 없이 부정적인 영향을 미치는 일이 있다. 이를테면 내가 좋은 의도로 좋은 상품을 개발하고 잘 팔려서 돈을 벌었는데 그 일이 수많은 플라스틱을 생산해내는 결과를 보일 수도 있다. 나는 열심히 일을 했을 뿐인데, 내가 일하는 회사에서 다량의 폐수가 나올 수도 있다. 그런가 하면 주식으로 돈을 벌었는데 내가 돈을 번 만큼 돈을 잃은 아픈 사람들이 있을 수도 있다. 물론 월급으로만 따진다면 이전 직장만 못하다. 하지만 매일 듣는 감사의 인사를 생각한다면, 그리고 걷고 산책하는 시간들을 생각한다면 참 좋은 일임을 다시 한 번 느끼게 된다.

2023년

2015년 처음으로 자연환경해설사 양성교육의 강사로 북한산생태탐방연수원에 갔다. 환상숲을 찾았던 관계자가 숲 해설 이야기 전달 방식에 감명을 받았다며, 숲 해설 시연을 맡아줄 수 있는지 문의가 들어왔던 것이다.

곶자왈 숲의 사진을 걷는 순서대로 차례차례 사진으로 담아서 PPT를 넘기며 마치 제주 숲에 있는 것처럼 해설 시연을 했다. 이전에도 예전에 다녔던 연구소 일의 연장선으로 마을 스토리텔링 개발이나, 농어촌체험지도사 교육, 혹은 농촌교육농장 교사양성과정 등에 나가서 강의를 해왔던 터였지만 숲과 관련한 강의는 처음이었다.

하지만 이전 강의들과 마찬가지로 듣는 이들의 성향이나 나이대가 비슷했다. 사십대부터 칠십대까지의 교육생이 주를 이룬다. 아이들을 다 키워놓은 주부, 퇴직을 앞두고 어떤 일을 해볼까 고민 중인 분들이 숲해설가나 자연환경해설사 교육에 참여한다. 그런가 하면 마을이 생태적으로 특성화되어있거나 천혜의 자연환경을 가지고 있다면 그것들을 어떻게 사업으로 접목할지를 고민하는 마을의 이장님, 부녀회장님, 총무님 같은 분들도 제법 많이 듣는다.

그런데 2016년 똑같은 교육과정의 강사로 연수원을 찾았을 때는 깜짝 놀랐다. 3분의 1이 이십대였다. 환경부에 취직하려는 젊은 이들이 이런 자격증 하나라도 플러스 요소가 될 것이라 생각한 듯하다. 그만큼 취직이 힘들어진 세상이었다.

하지만 한편으로는 젊은 세대가 숲해설가 일에 뛰어드는 게 반갑기도 했다. 예전에는 숲과 관련된 교육에 참여하면 나는 늘 막내였다. 그런데 작년 제주에 생긴 유아숲지도사 교육과정에 참여했을 때는 이삼십대가 제법 있어서 놀랐다. 점점 교육생들이 젊어지고 있는 것이다.

숲해설가, 유아숲지도사, 자연환경해설사, 산림치유지도사, 치유농업사 등 관련 자격증들이 계속 늘어간다.

숲해설가나 유아숲지도사 같은 직업만을 단적으로 본다면, 누군가 이 직업을 택하겠다고 하면 말릴 것도 같다. 처음 이 직업이 생긴 것은 노인들을 위한 일자리 창출의 일환이었다. 따라서 소득에 한계가 있었다. 또 수많은 교육과정으로 자격증을 지니고 있는 이들은 이미 차고 넘치는데, 일할 수 있는 자연명소들은 한정되어 있다. 어느 지역이든 숲은 대부분 1기 숲해설가들이 자리를 차지했을 경우가 많다.

또 유아숲체험원 같은 경우 추운 겨울에는 운영이 되지 않기에 유아숲지도사들은 매년 계약을 새로 하는 계약직인 경우가 많다. 다른 일과 견주어볼 때 연차가 쌓일수록 직급이 올라간다거나 혹은 일을 잘할수록 포상이 쌓이는 시스템이 거의 없다. 그래서 자체적으로 대상을 모집해서 안내하는 프리랜서로 일하시는 분들이 더 나을 때도 있는 것이다.

하지만 만약 그 누군가가 사람과 자연을 좋아하고 그 일이 적성에 맞고, 이 일로 파생되는 무엇인가를 만들어나가고 싶다고 하면 응원하고 기꺼이 숲 일을 시작하라고 하고 싶다. 이를테면 숲해설가이면서 매일 똑같은 풍경의 숲의 변화를 사진으로 기록하는 사진작가, 해설가면서 숲의 자연을 그리는 예술가, 숲해설가면서 숲에서 만난 이들과 만담을 나누는 유튜버 등 정형화된 틀에서 좀 더 자유롭게 시도해볼 의지가 있다면 말이다. 자체적으로 숲 유치원 프로그램을 개발해서 운영한다든지 등 무언가 숲의 또 다른 모습을 생각하고 수입원을 다각화할 수도 있을 것이다. 숲 안에서

재능을 펼쳐나갈 수 있다면 숲에 기대어 사는 일도 즐겁고 풍요로운 일이 되지 않을까 싶다.

사람들의 기준에서 초라한 직업과 그럴듯해 보이는 직업은 있을 수 있다. 하지만 얼마를 버는지 혹은 사회적 위치로만 판단하는 것은 너무 단순한 기준이지 않을까?

10년 전 '환상숲농장'이던 시절 손님이 한두 명밖에 되지 않을 때, 열과 성을 다해서 숲 해설을 하면 손님들은 "해설 너무 감동적으로 잘 들었어요. 근데 아가씨 젊은데 여기서 뭐 해~." 하며 안타까워했다. 그런데 지금은 "여기 살아서 좋겠어."라고 부러워한다.

내가 크게 달라진 것은 없다. 같은 장소에서 같은 일을 하고 있는데, 숲의 가치가 높아지자 나 또한 덩달아 올라가는 것이다. 반복되는 하루하루를 무시할 게 아니었다. 그 하루하루가 쌓여서 지금을 만들고 앞으로를 만들어나갈 것이다.

마틴 루터 킹의 연설에서처럼 "청소부라면 미켈란젤로가 그림을 그리듯, 베토벤이 음악을 연주하듯, 셰익스피어가 시를 쓰듯 그정도의 노력과 솜씨로 거리를 청소해야" 한다. 여전히 부족하지만 현재에 만족하지 않고 나 또한 미켈란젤로가 그림을 그리듯, 베토벤이 음악을 연주하듯, 셰익스피어가 시를 쓰듯 숲 해설을 해나가야지.

작은 동네, 작은 학교

동네 골목길을 차로 운전하며 가고 있었다. 중학교 교복을 입은 학생 한 명이 마주 걸어오다 꾸벅하고 인사를 해온다. 찰나의 순간이었고, 뒤따라오는 차가 있어서 멈추지 못했다. 아쉬웠다. 내가 다니던 시절 학교 교복 그대로여서 더 반가웠다. 아마 그 친구는 하굣길에 나를 종종 봤겠지? 그래서 익숙한 얼굴이다 싶어서 인사를 건넨 거겠지?

갑자기 관심이 생겼다. 누구네 집 아이일까? 어느 쪽에 살고 있을까? 날씨도 더운데 차를 돌려 좀 태워줄걸 그랬나? 이런 생각을 하고 있으니 갑자기 내가 어른이 된 것 같았다. 학교 다닐 때 지나가는 동네 어른들이 보이면 인사했던 내 어릴적이 떠올랐다. 인사를 하면 "너 누구네 집 똘(딸)이냐?" 하고 꼭 물어오던 그때 그 어른들이 떠올랐다. 그땐 속으로 왜 그걸 물어보시지 싶었는데 지금

생각해보니 인사하던 행동이 예뻐서 그런 거였다. 혹시 부모가 아는 사람이면 그 댁 어른들에게 아이가 참 인사 잘하더라고 칭찬이라도 전해주고 싶은 마음이라는 걸 이제야 알았다.

코로나 이후 많은 것들이 멈춰있었다. 코로나 확진자들이 실제로 많이 줄어든 것은 아니지만 우리는 이 생활에 적응하기 시작했다. 드디어 기다리던 학교 빗장이 풀렸다. 감사하게도 올해 봄부터는 아이들의 소풍과 수학여행이 제법 잡히기 시작했고 가을이 되

니 무척 바빠졌다. 숲도 아이들이 찾아와야만 생기가 도는 듯하다.

동네 아이들이 숲에 찾아왔다. 숲에서 1킬로미터 거리에 있는 학교이다. 나의 모교이기도 하다. 2학년 아이들이었는데 작은 학교라 학생 수도 몇 명 되지 않는다. 도착한 아이들을 보니 제법 아는 얼굴들이 많았다. 사촌 언니의 딸과 외숙모의 아들, 같이 독서 모임을 했던 분의 아들도 보였다. 실제로는 처음 만나지만 동네에서 알게 된 분들의 카카오톡 프로필 사진이나 인스타그램에 올라온 가족사진들로 아이들의 얼굴을 종종 접했기에 한눈에 알아볼 수 있는 아이도 있었다.

예린이, 윤재, 서아 등등 몇몇 아이들의 이름을 줄줄이 꿰고 있자 나머지 아이들이 신기해했다. 갑자기 질문을 해오기 시작한다.

"선생님, 저도 알아요?"

귀여운 꼬마 아이였다. 얼굴이 누군가를 닮아서 혹시나 해 아빠 이름을 물어봤더니 맞았다.

"넌 신협 다니는 삼촌 딸이잖아."

정말로 맞추는 것을 보고 다른 아이들도 묻기 시작한다.

"그럼 저도 알아요?"

"너 이름이 뭔데?"

"김산이요!"

예전에 김 씨 성 외자 이름을 들은 적이 있었던 것도 같아 그냥 툭 하고 찍어봤다.

"너는 형 있잖아!"

"헉, 어떻게 알았어요?"

이제는 내가 모든 아이를 다 안다고 생각하는 눈치다. 슬며시 한 남자아이가 설마 나는 모르겠지 싶어 물어온다.

"그럼 저는 누구게요?"

"이름이 뭔데?"

"라온이요!"

다행히 이 친구 이름은 앞집 이웃에게 들어봤다. 아파트 단지에 라온이라는 아이가 동생들이랑 잘 놀아준다고.

"너는 요 앞 아파트에 살잖아!"

2학년이라 다행이다. 진짜 다 알고 있네, 하고는 더 이상 물어오지 않았다. 수업 내내 얼마나 말을 잘 들었는지 모른다. 그 모습이

너무 사랑스러웠다.

　요즘은 학교에서도 모르는 사람은 절대 따라가지 말고 낯선 사람이 친절하게 다가오면 의심해보라고 배운다. 이웃이 누군지도 모르고 사는 것이 다반사인 세상이 되었음을 실감한다. 이 작은 시골 마을에서도 새로 생긴 구석구석에는 어떤 사람들이 사는지 전혀 알 수가 없을 만큼 세상이 흉흉해졌다. 그런데 이 아이들의 방문을 통해 우리는 제법 많이 연결되어 있고 관심을 가지면 알 수 있는 사람들이 많음을 느꼈다.

　이 수업 후에는 아이를 데리러 학교에 가면 유치원 건물로 곧장 걸어가는 게 아니라 주변을 둘러보게 된다. 나에게 인사하는 2학년 아이들이 눈에 들어오기 시작해서다. 그리고 이제는 그 아이들의 형과 동생들도 함께 보이기 시작했다. 관심을 두어야 사람이 들어오는 거구나.

난 고향으로 돌아온 후에 농촌에 더 이상 농촌다움이 없음을 아쉬워했다. 아쉬움의 가장 큰 부분은 전교생이 모두 서로 알고 지내던 예전의 학교 분위기였다. 그런데 돌아온 고향은 옆집에 누가 사는지도 다 모르는 동네가 되어있었다. 그런데 이제 보니 그 농촌다움은 원래 있는 것이 아니라 내가 만들어나가는 것이었다. 우리 아이들도 그리고 나도, 이렇게 다시 새로운 마을 사람들을 알아가는구나 싶어졌다.

나는 유치원 때부터 중학교 졸업할 때까지 친구들이 같다. 한 명 전학이라도 오면 전교생이 관심을 보였다. 한 반밖에 없는 학교였기 때문에 학년이 바뀌어도 변하는 건 담임선생님뿐이었다.

초등학교 동창들이 각각 몇 번이었는지를 다 기억한다. 말도 안 된다고 하겠지? 하지만 내 어릴 적 친구들은 서로 모두를 기억한다. 가나다순도 아닌 생일순이었다. 그래서 덩달아 모든 반 친구의 생일이 어느 계절이었는지까지 기억한다. 우리는 늘 같은 번호로 살아갔다. 그러다 보니 중학교 3학년이 되었을 때 친구들과 고민을 나눈 적이 있다. 그 주된 내용은 '어떻게 하면 새로운 친구를 사귈 수 있을까?'였다.

고등학교에 가면 지금의 친구들이 뿔뿔이 흩어질 텐데, 그리고 새롭고 낯선 친구들을 만나게 될 텐데 그 시작을 어떻게 해야 하는지 방법조차 몰랐다. 10년 동안 같은 반이었던 아이들은 서로의 시작을 기억하지 못한 채 친구가 되어있는 것이다.

나에게는 한 살 터울 오빠가 있다. 친구들은 먼저 졸업한 오빠에게 고등학교에 들어가서 친구에게 처음 건넨 말이 무엇이었는지를 물어봐 달라 했다. 오빠는 나에게 "지우개 있어? 지우개 좀 빌려 줘."라고 알려줬다. 나는 그 방법을 진지하게 친구들에게 전달했고, 그 말을 들은 친구들은 곧이곧대로 받아들였다. 입학 첫날에는 지우개를 챙기지 말아야겠다고 이야기 나누던 게 생각난다.

불과 3년 전까지만 해도 그때 그 친구들 중 이 마을을 지키는 건 나 혼자뿐이었다. 그런데 지금은 네 명의 친구가 이 동네로 돌아왔다. 젊은이들이 시골로 돌아온다는 건 참 반가운 일이다. 실제로 돌아올 수 있는 마을로 만들고 싶어, 나는 오늘도 숲 해설을 한다.

가장 불쌍한 식물에게 주는 마음

오다가다 보는 숲과 그 안에서 살면서 바라보는 숲. 가장 큰 차이가 무엇이냐고 물어온다. 나는 겨울 숲의 색이 떠오른다.

숲을 매일 바라보기 전 겨울 숲의 이미지는 황량함, 앙상한 가지, 눈 쌓인 하얀 풍경 정도가 고작이었다. 매일 숲에 들어오기 시작한 그 겨울에 초록을 보고 놀랐고, 그 안에 자금우의 빨강, 소엽맥문동의 파랑, 작살나무의 보라, 노박덩굴의 주황 등 다채로운 열매들을 발견하고 숲이 더욱 좋아졌던 기억이 있다. 겨울이 겨울로만 보이는 것이 아니라 새로운 봄이 오기를 기다리는 휴식의 시간으로 느껴진다. 그리고 그 안에서도 살아가는 생명이 많음을 이제는 안다. 겨울이라 하여 모든 풀이 죽어 없어지는 것이 아니다. 오히려 무더운 여름날 푹푹 찌는 더위를 이겨내고 꽃을 피운 후 추위 속에서도 열매 맺는 인내심 강한 생명들이 있는 것이다.

　추운 날씨인데 오늘 해설에 어린 꼬마 아이가 다섯이나 된다. 어른 위주의 해설이 미안해 안내가 다 끝난 후 그 아이들에게만 특별 선물을 주었다. 빨간 겨울딸기다. 보통 봄에 산딸기가 열리는데 이 식물은 이름 그대로 겨울까지 열매가 남아있다. 아픈 노모를 위해 눈 쌓인 숲에서 산딸기를 찾아 헤맨 효녀 이야기를 어디선가 들어보았을 것이다. 그래서 이 식물의 별명은 '효녀 딸기'이기도 하다. 먹음직스러운 색에 아이들의 눈이 반짝거린다.

　"누구나 자기가 필요한 만큼만 가져야 한다. 사슴을 잡을때도 제일 좋은 놈을 잡으려 하면 안 돼. 작고 느린 놈을 골라야 남은 사슴들이 더 강해지고, 그렇게 해야 우리도 두고두고 사슴고기를 먹을 수 있는 거야. 꿀벌인 티비들만 자기들이 쓸 것보다 더 많은 꿀을 저장해 두지. 그놈들은 언제나 자기가 필요한 것보다 더 많이 쌓아두고 싶어 하는 사람들하고 똑같아. 뒤룩뒤룩 살찐 사람들 말이야. 그런 사람들은 그러고도 또 남의 걸 빼앗아오고 싶어 하지."

예전 같았더라면 보이는 대로 한 움큼 집어 먹었을 것이다. 그런데 오늘은 『내 영혼이 따뜻했던 날들』에 나왔던 구절이 생각나서 많은 열매 중 조심스럽게 한 개만 똑 땄다. 다섯 명의 꼬마 아이들이 손톱만 한 겨울딸기 한 개를 가지고 나누었다. 좁쌀만 한 알알이 맛도 안 느껴질 크기의 열매를 조심스럽게 집어 들고 천천히 맛본다. 작은 꼬마들이지만 이미 인디언들의 마음으로 자연을 바라보고 있었다.

예전에 다회차 수업 중에 '숲에서 가장 불쌍한 식물 찾기'라는 수업이 있었다. 별거 아닌 수업이다. 자유롭게 돌아다니며 환상숲에서 가장 불쌍해 보이는 작은 식물을 찾아보고 본떠 오는 것이다. 그런 후 왜 그 식물이 불쌍한지 생각해보는 시간을 갖는다.

"안녕, 내 이름은 겨울딸기야. 내가 이제까지 있었던 극소수의 일을 말해줄게. 세상에 태어난 나는 안 좋은 일이 많았어. 비가 오는 어느 날…… 중략…… 너무 속상했어. 이 지루하디 지루한 인생, 나에게 빛은 없는 걸까?"

그런데 그 수업의 효과는 한참이 지나서야 나타난다. 그다음번

에는 또 다른 수업들이 진행되지만 희한하게도 아이들은 다른 활동을 하다가도 자신이 불쌍하다고 생각한 그 식물은 한번씩 꼭 보고 온다. 한 대상에 마음을 주기 시작한 것이다. 그런데 찢기고 뜯겨서 불쌍했던 그 식물이 생각보다 잘 자라주었단다. 아이들의 그 마음을 담아 가을에 비교해보기 활동을 했다. 본떴던 그 그림을 실제 자란 모습에 대어본다. 정말 새로운 잎들도 무성하게 올라왔고 키도 한 마디나 껑충 자라 있다. 다시 한 번 그 식물들의 마음을 헤아려보기로 했다.

"나는 또 다른 겨울딸기 친구들과 잘 지내고 있어. 나는 지금 너무 행복하고 앞으로도 행복할 거야. 다들 정말 고마워!"

어느새 아이들의 마음 또한 바뀌어 있다. 내가 그 마음을 알려주지 않았다. 자연을 찬찬히 보고 있자면 아이들도 발견할 수 있다.

제주 눈은 옆으로 내린다

2021년 1월 7일

어린이집이 오랜 기간 휴원이라 늘 아홉 시 넘어서야 부스스 일어나던 아이들이다. 하얀 눈이 폭 쌓인 날 웬일인지 일곱 시 반부터 일어나서 부지런히 움직인다. 엄마는 춥고 졸리다. 눈보라에 얼굴이 따갑지만, 아이들은 너무 예뻐진 숲 풍경에 추운지도 모른 채 폴짝폴짝 뛰어다니며 하루를 보냈다.

2021년 1월 8일

제법 눈이 쌓였다. 길가도 꽁꽁 얼었다. 손님이 온종일 네 명이었다. 매표소를 지키다 주차장 눈을 끌어다가 토토로 눈사람을 만들었다. 돌담 위를 가득 덮은 다육식물들이 살짝 걱정된다. 숲 야외 화장실 수도가 얼었다. 그럭저럭 둘째 날이 지났다.